Pour te perdre un peu moins

Martin Diwo

Pour te perdre un peu moins

roman

PLON
www.plon.fr

12, avenue d'Italie – 75013 Paris
Tél. : 01 44 16 09 00
Fax : 01 44 16 09 01
www.plon.fr

ISBN : 978-2-259-25949-1

Mise en page : IGS-CP à L'Isle-d'Espagnac

Dépôt légal : août 2017

À Elle

« J'ai souffert souvent, je me suis trompé
quelquefois, mais j'ai aimé.
C'est moi qui ai vécu, et non pas un être factice
créé par mon orgueil et mon ennui. »

Alfred de Musset,
On ne badine pas avec l'amour.

« La douleur est sans remède
pour qui souffre de ce qu'il aime. »

Jacques Chardonne,
Les Varais.

Deux cris

Je me souviens d'avoir crié. D'avoir crié comme jamais auparavant. D'avoir crié seul, pour moi. D'avoir crié car il n'y avait rien d'autre à faire. D'avoir crié parce que c'était naturel, humain. Parce que j'en avais besoin. Parce que c'était trop fort. Parce qu'il fallait que ça sorte.

Oui, je me souviens d'avoir poussé un cri d'une puissance rare qui a résonné contre les parois du tunnel de l'Alma. Un cri violent qui a effrayé les automobilistes entre lesquels mon deux-roues se faufilait. Un cri sauvage qui m'a porté pendant tout le trajet. Un cri spontané que je peux encore entendre si je ferme les yeux.

Je m'en souviens, de ce cri. C'était un cri de joie, de bonheur, de soulagement. Un hurlement heureux. Une acclamation solitaire. Je m'en souviens comme si c'était hier. Je m'en souviens, j'ai oublié tout le reste. Elle venait de m'embrasser pour la première fois.

Je me souviens d'avoir crié. D'avoir crié comme jamais auparavant. D'avoir crié seul, pour moi. D'avoir crié car il n'y avait rien d'autre à faire. D'avoir crié parce que c'était naturel, humain. Parce que j'en avais besoin. Parce que c'était trop fort. Parce qu'il fallait que ça sorte.

Oui, je me souviens d'avoir poussé un cri sans bruit qui m'a déchiré la poitrine. Un cri silencieux qui m'a arraché le cœur. Un cri muet qui m'a brûlé les entrailles. Un cri inaudible qui m'a foudroyé l'âme. Un cri que personne n'a entendu et dont l'écho résonne encore contre les parois de mon crâne.

Je m'en souviens, de ce cri. C'était un cri terrible. Un cri de désespoir, de tristesse, de peur. Un hurlement blessé. Un appel au secours. Un dernier souffle. Je m'en souviens comme si c'était hier. Je m'en souviens, j'ai oublié tout le reste. Elle venait de me quitter.

Ça ne m'arrivera pas

Les dents de sagesse, le bac, la mort d'un proche, le premier boulot, le premier licenciement et la première démission, le permis de conduire, les cheveux blancs, la barbe et la moustache, faire l'amour, avoir une panne, un accident de voiture, de scooter, prendre une cuite, avoir la gueule de bois, de l'acné, faire des crises d'angoisse, se marier, divorcer, avoir du mal à marcher, à courir ou à se lever, fumer un pétard, sniffer de la coke, voler des bonbons, donner de l'argent à une association, tomber dans les pommes, payer des impôts, séjourner à l'hôpital, partir de chez ses parents, aimer le cigare, aller voir un psy, avoir besoin d'une canne, d'un déambulateur ou d'un fauteuil roulant, survivre aux déceptions, aux désillusions et aux grandes tristesses, se relever après un échec, assumer et être plus fort, aller seul au restaurant, demander un prêt, lire la Bible, Proust ou Céline, aimer l'opéra, les ballets ou le cinéma d'auteur, coucher avec une prostituée, avec deux, avec six, parler plusieurs langues, vivre à l'étranger, déménager, baiser sans capote, recevoir un coup de poing en pleine figure, donner un coup de poing en pleine figure, prendre l'avion seul, dormir avec quelqu'un, manger des huîtres, apprécier le whisky, devenir veuf, prendre des antidépresseurs, des somnifères ou des protéines végétales, se casser le bras, la jambe ou le col du fémur, porter un dentier, une perruque, une prothèse…

On se dit tous que cela ne nous arrivera jamais.

« Pas moi. Je n'aurai pas ça, Moi. Je ne ferai jamais ça, Moi. J'y échapperai. Je ne suis pas comme vous, Moi. »

Et pourtant, un jour ou l'autre, ça nous tombe dessus. On bande mou, on perd ses cheveux, on a des enfants à charge, un boulot et des responsabilités, on cogne quelqu'un, on emboutit une voiture, on a de la moustache et trois poils sur le torse, de l'arthrose, des rhumatismes ou du cholestérol, on tombe amoureux et on aime.

On aime comme on n'a jamais aimé, on aime comme on ne pensait pas en être capable, et puis, comme tout le monde, un beau jour, on souffre de la maladie la plus douloureuse, du syndrome le plus terrible, du traumatisme le plus violent qui soit, de ce qui existe de plus pénible sur Terre.

Oui, un jour, on a le cœur brisé.

SOS Amitié

Il y a ceux qui vous disent qu'elle est tout simplement perdue, qu'elle ne sait plus où elle en est et qu'il lui faut du temps pour comprendre ce qui lui arrive. Que sa vie connaît de nombreux changements en ce moment et qu'elle doit se recentrer sur elle-même afin de comprendre ce qui se passe, et que, bien sûr, tout rentrera bientôt dans l'ordre. Ils vous conseillent de ne pas pleurer tout de suite, d'attendre. Ils vous disent que c'est une fille qui a toujours été seule, et qu'elle a besoin de solitude pour régler ses problèmes.

Ceux-là, vous êtes tenté de les croire. À vrai dire, vous ne demandez que ça, les croire. D'ailleurs, vous y parvenez très bien. « Il a raison, elle est paumée, elle a besoin de temps. Mais oui, évidemment qu'elle va revenir à la raison… »

Mais la raison a-t-elle vraiment son rôle à jouer là-dedans ?

Il y a les amis auxquels vous racontez tout dans les moindres détails, et auxquels vous répétez, coup de fil après coup de fil, ce qu'elle vous a dit, et comment évoluaient les choses au sein de votre couple. Ils essaient d'aider, analysent avec vous ses paroles et derniers messages. Ils trouvent votre rupture surréaliste – « Vous alliez si bien ensemble ! » – et vous assurent que tout va s'arranger, que c'est « IM-POS-SI-BLE » autrement.

Eux aussi, vous les croyez. D'ailleurs, vous les croyez si fort que vous allez même jusqu'à leur confier ce que vous avez prévu.

« Je vais lui envoyer un mot. Rien qu'un mot. Un petit mot et un bouquet de fleurs. Des pivoines, ce sont ses préférées. Un petit mot qui dira : "Un dîner et une belle robe ? 20 h 30 chez Rebellato jeudi"… »

« Je vais aller sonner chez elle, comme si de rien n'était. En me voyant, c'est sûr qu'elle va réaliser qu'elle s'est trompée. C'est moi, merde ! Elle va bien le voir, non ? »

Et ils pensent que vous avez raison, disent amen à toutes vos idées, vous confortent dans vos décisions.

« Bien sûr qu'elle va réaliser que c'est toi.

— Je le ferai dans un mois. Comme ça, elle a le temps de réfléchir.

— Ouais. Ne le fais pas tout de suite surtout. C'est trop tôt, là.

— Non, non, évidemment.

— Mais tu sais, à mon avis, t'auras même pas besoin de le faire. Elle sera revenue avant. »

Ah ! Quels amis formidables ! En voilà enfin qui comprennent. Comme j'ai hâte d'être dans un mois !

Il y a ceux qui vous disent que vous avez déjà tout fait, et qu'il est grand temps de passer à autre chose. Ils veulent votre bien, mais vous, vous n'en voulez pas. Ils vous poussent à sortir et vous mettent des filles dans les bras. Ils se taisent et n'osent pas, mais leurs regards les trahissent : « Elle n'est pas mieux, celle-là ? » Si. Elle est mieux. Elle est plus jolie, plus intelligente, ou mieux faite, mais elle n'a pas ses défauts, ses mille petits défauts qui vous ont rendu fou. Alors vous faites semblant, vous souriez, dansez, chantez et feignez d'aller mieux, mais le cœur n'y est pas. Le cœur n'y est plus. Ce cœur d'ailleurs, ce cœur qui battait si fort, pourra-t-il battre de nouveau ?

Eux, vous n'avez pas envie de les vexer, alors vous dites merci, et souriez, encore. Mais vous ne les croyez pas. Comment le pourriez-vous ? Ils ne comprennent pas. Ils ne peuvent pas comprendre. Ils ne la connaissent pas. Ils ne savent pas ce que c'est. Non, ils ne savent pas.

Et puis il y a celui qui vous dit la vérité. L'ami, le frère, le parrain ou le parent qui a beaucoup vécu. Vous lui confiez tout, lui dites comment vous imaginez vos retrouvailles, et ce que vous comptez faire quand elle reviendra. Il vous laisse parler, puis vous regarde, l'air triste, et finit par avouer : « Peut-être aussi que vous ne vous reverrez jamais, ou alors que vous vous croiserez, mais que ce sera comme des amis… »

Long métrage

SCÈNE 1 – JARDIN – EXT. JOUR

Le film tiré de notre histoire d'amour pourrait commencer à Paris, au jardin du Luxembourg, un dimanche après-midi ensoleillé d'avril. Pour faire comprendre aux spectateurs que la première scène a lieu dans le passé – un passé fictif –, on la tournerait en noir et blanc ou en sépia. Oui, en sépia. Ou alors en couleurs, mais avec des couleurs pastel. Toute la scène pourrait être floutée. Enfin, floutée… Ce n'est pas le bon terme. Fondue. Voilà, elle pourrait être fondue, de façon que le contour des arbres, des vélos, des silhouettes et des massifs de fleurs ne soit pas tout à fait discernable, de sorte que la lumière soit une lueur. Une lueur qui se… qui se fondrait dans la masse. Juste au début, ça suffira. Pendant les premières secondes. Puis tout deviendrait net.

On situerait l'action grâce à un travelling rapide : la caméra longerait la pelouse principale et passerait près d'enfants en train de jouer au ballon ou à la marelle, de couples enlacés sur l'herbe, de promeneurs solitaires venus lire à l'ombre des marronniers en fleurs, et de nounous en pleine discussion autour des poussettes parquées à côté de la fontaine. À mesure que la caméra avancerait, on entendrait les cris amusés des enfants, la respiration des amoureux assoupis, le souffle du vent dans les pages des livres, et l'écho d'une langue étrangère chantonnée par des nurses vraisemblablement ravies de se retrouver. Le tout sur fond d'une mélodie discrète, un rien mélancolique. Quelques accords mineurs joués en arpège au piano. Une mélodie douce, dans l'esprit de la *Première Arabesque* de Debussy, qui démarrerait lentement, puis qui, peu à peu, deviendrait rapide. Rapide et omniprésente.

L'image imprimerait le même tempo, et la caméra avancerait de plus en plus vite. Elle ferait le travelling en marche arrière, le rejouerait en accéléré ou tournerait sur elle-même pour donner une vue d'ensemble du parc. Oui, elle tournerait sur elle-même, accélérant à chaque tour, avant de s'arrêter brusquement, et de zoomer sur une petite fille de huit ou neuf ans. Cette fillette, on la verrait gambader en direction de la buvette, où un garçon un peu plus jeune qu'elle attendrait avec sa mère que sa crêpe finisse de cuire.

Il faudrait s'arrêter assez longuement sur cette petite. Suffisamment en tout cas pour que le spectateur ait le temps de vraiment la regarder. Il doit voir ses couettes balancer de gauche à droite et lui fouetter le visage, son sourire naïf et attendrissant, son regard émerveillé, puis la façon dont elle se tient une fois arrivée devant la boutique de bonbons – pliée en deux, les mains en appui sur les genoux, essoufflée. Essoufflée, mais heureuse. Heureuse d'avoir couru aussi vite, de se sentir libre, et surtout, d'avoir réussi à rallier le kiosque vert, derrière les vitrines duquel sont exposées mille merveilles. Barbes à papa rose fluo, guimauves jaunes, bleues et mauves, friandises en tout genre, et pommes d'amour qui luisent au soleil. Oui, heureuse. Heureuse comme seuls savent l'être les enfants.

On la verrait ensuite se greffer à la file d'attente, où son père, fou d'inquiétude, viendrait la rejoindre en courant. Surprise par son air apeuré, elle le regarderait, aimante et désolée, avant de rire aux éclats lorsqu'il la prendrait dans ses bras et qu'il la ferait tourner au-dessus de sa tête.

« Qu'est-ce qui te ferait plaisir, ma chérie ? » lui demanderait-il après l'avoir reposée au sol.

Elle hésiterait, attirée avec la même violence par les Haribo empilés sous le comptoir, les brochettes de marshmallows que la serveuse fait griller sur son moule à gaufre, les glaces à l'effigie de ses personnages de dessins animés favoris, les bonbons dont toutes ses copines raffolent – ceux qui ont la taille d'une balle de tennis, et qu'il faut lécher, mordre, croquer et sucer pendant plus d'une semaine pour atteindre le chewing-gum caché à l'intérieur – et les biscuits au beurre de cacahuète qui ressemblent à ceux que sa maman lui a rapportés des États-Unis. Oh ! Si elle le pouvait, elle prendrait tout…

Elle commencerait par une glace que l'on verrait fondre au soleil et goutter sur ses tennis blanches à scratch, continuerait avec les marshmallows qui auraient tout juste eu le temps de refroidir, garderait Haribo et biscuits pour plus tard, et s'attaquerait sans plus tarder à cette boule énorme dont elle n'apprécierait guère la première couche, parfum citron. Oui, si c'était possible, elle prendrait le tout, mais son père refuserait sûrement. Non, d'ailleurs, il accepterait. Un sourire et un regard suffiraient sans doute à le faire céder. Mais céder, est-ce vraiment accepter ?

Une crêpe ! Voilà ce qui lui ferait plaisir. Une crêpe chocolat-banane, comme celle du petit garçon qui vient de passer sur sa gauche. Une crêpe, bonne idée. Son père en prendrait une lui aussi, la même, bien qu'il n'aime pas ça, simplement pour pouvoir lui dire à quel point c'est bon. La complicité n'a pas de prix.

Leurs crêpes en main, ils longeraient lentement la piste bétonnée où petits et grands patinent avec plus ou moins d'agilité, puis iraient s'asseoir sur un banc que viendraient de déserter deux footballeurs en herbe rappelés sur le terrain. Si le temps le permet – la scène ne doit pas être trop longue – on pourrait s'arrêter quelques instants sur eux. On la verrait éclater de rire, amusée par le sourire de son père qui se serait volontairement tartiné les dents de chocolat, puis le regarder l'air moqueur, la bouche inconsciemment badigeonnée de Nutella.

Le plan suivant les montrerait de dos, de façon que l'on puisse voir la mère de la petite fille faire irruption dans le champ. L'apercevant au loin, la petite s'empresserait de la rejoindre, tandis que, soucieux de plaire à sa femme, son père prendrait le temps de s'essuyer les dents avant d'aller à leur rencontre.

Toujours orientée contrechamp, la caméra zoomerait sur eux et les filmerait en train de remonter l'allée – pourquoi pas main dans la main, ou bras dessus bras dessous ? – puis le plan s'élargirait jusqu'à ce que le haut du banc apparaisse à l'image.

À cet instant, la mélodie que nous avions choisie pour le début de la scène reprendrait, la caméra se pencherait vers l'endroit où ils étaient assis, puis s'arrêterait sur une peluche chiffonnée. Cette peluche, on verrait le petit garçon de la buvette s'en saisir et se ruer vers la fillette qui l'a oubliée. Il la rattraperait sans peine et lui taperait doucement sur l'épaule pour qu'elle se retourne.

« Nounours ! » s'exclamerait-elle au moment où il lui tendrait son doudou.

Conscients d'avoir frôlé la catastrophe, ses parents se regarderaient, puis remercieraient l'enfant, avant d'encourager leur fille à les imiter. On la verrait alors s'avancer vers lui et embrasser timidement sa joue, sans se douter une seule seconde que, bien des années plus tard, c'est sur sa bouche qu'elle déposerait un baiser…

Partout

Elle est partout. Dans chaque tiroir, au fond de chaque verre, sur toutes les photos, au cœur de tous les films et chansons, sur les affiches, dans le métro, à la télé puis dans les livres.

Elle est partout. Sur chaque T-shirt, dans chaque fauteuil, dans les restaurants et dans les cinémas, dans mon lit, dans le couloir, sur les bancs des squares et dans les voitures qui passent sur le boulevard.

Elle est partout. Dans chaque rêve, dans chaque pensée, sur tous les tableaux et dans tous les magazines, dans toutes les rues, sur chaque disque, dans toutes les maisons et dans tous les appartements.

Elle est partout. Sur chaque écran, au bout de toutes les cigarettes, dans chaque bouteille et sur les pages de chaque carnet, dans la baignoire, dans la cuisine, sur le canapé et près de la fenêtre.

Elle est partout. Dans chaque mirage et dans toutes les filles, au coin de chaque avenue et dans toutes les gares, dans tous les bistrots, sur chaque trottoir, dans l'encre des stylos et dans les yeux des passants.

Elle est partout. Dans chaque hôpital, dans toutes les banques, sur toutes les cartes, dans toutes les poches et sur chacun des nuages, dans le sourire des gens, dans les larmes des enfants et à la une de tous les journaux.

Elle est partout.

Elle est partout. Je ne suis nulle part.

Rhétorique du subconscient

ACTE I. UNE LUTTE, UN COMBAT, UN CHOIX

« Alors quoi ? Tu vas me dire que c'était un tissu de mensonges, tous ses "Je t'aime plus que les mots ne sauraient l'exprimer", "Tu es l'homme de ma vie" et "Un jour, on sera parents" ? Merde ! On ne dit pas des choses pareilles si on ne les pense pas !

— Mais Elle les pensait. Sur le moment, Elle y croyait, maintenant Elle n'y croit plus, voilà tout. C'est aussi simple que ça.

— Parce qu'on peut arrêter de penser ces choses-là du jour au lendemain peut-être ?

— On peut choisir d'arrêter de les penser, oui. Tu sais, l'amour, c'est une lutte, un combat, mais surtout, c'est un choix. Elle, elle a choisi de ne pas lutter, de ne pas se battre et, qui plus est, d'arrêter de t'aimer.

— Donc un beau matin, Elle s'est levée et elle a choisi de ne plus être amoureuse ? Non, mais sérieusement ! Tu ne veux quand même pas me faire avaler ça ? Tu sais très bien ce qu'il s'est passé ! En ce moment, Elle est perdue, et elle a préféré qu'on se sépare pour que je ne souffre pas de ses problèmes par ricochet. Lorsque tout sera rentré dans l'ordre, Elle me reviendra.

— Mais bon Dieu ! Tu t'entends parler ? Lorsque vous étiez ensemble, si tu avais eu un problème, tu l'aurais quittée ? Non ! Tu aurais chéri sa présence et profité des moments en sa compagnie parce qu'Elle savait te rassurer, t'apaiser, te calmer, et qu'Elle te permettait de relativiser. Ce qu'Elle t'a dit, ce qu'Elle a essayé de te faire croire, ça, c'était un tissu de mensonges. Ouvre les yeux, putain ! Elle ne s'est même pas battue ! Rappelle-toi l'année dernière quand tu as cru que tu ne l'aimais plus, qu'est-ce que tu as fait ? Hein ? Tu t'es battu ! Pourquoi ? Parce que tu avais choisi de l'aimer.

— Ça n'a rien à voir ! J'ai eu quelques doutes, d'accord, mais c'est passé très vite.

— Ça a duré trois mois ! Trois mois pendant lesquels tu t'es carrément arrêté de vivre. Tu n'arrêtais pas de penser au mal que tu lui ferais en la quittant, de l'imaginer en train de pleurer seule dans son lit, et de te demander ce qui avait bien pu changer. Mais rien n'avait changé, sinon ta perception des choses. Alors tu te disais que, si Elle décidait de se teindre les cheveux ou de se faire refaire la poitrine comme elle le voulait un an plus tôt, tout rentrerait dans l'ordre, mais cela n'aurait servi à rien. On est le seul responsable de l'amour qu'on porte à autrui. Les sentiments que l'on éprouve pour quelqu'un ne tiennent pas tant à ce qu'il dit, fait ou ne fait pas, mais à l'image que l'on s'est forgée de lui. Tu dis que tu n'as eu que quelques doutes ? C'étaient de sacrés doutes alors ! Tu la voyais le moins souvent possible, tu ne la rappelais qu'une fois sur deux, et tu t'arrangeais pour que vous ne vous retrouviez jamais en tête à tête ! Merde ! Tu n'étais même plus foutu de bander !

— Oui, enfin c'est passé, non ? Je suis bien resté !

— Parce que tu as choisi de lutter, de te battre, et surtout, de l'aimer.

— Mais Elle aussi, Elle s'est battue ! Elle me l'a dit !

— Et tu la crois ? Mais ne se vantent de s'être battus que ceux qui ont déposé les armes avant le début du combat, mon pauvre vieux. Si Elle avait vraiment lutté pour toi, tu n'en aurais jamais rien su. Toi, tu lui as parlé de tes doutes ? Non, bien sûr que non. Alors qu'est-ce qu'il te faut de plus ? Passe à autre chose, bon sang ! Tu ne vas quand même gâcher ta vie pour une salope qui n'en a rien à foutre de toi ?

— Ne parle pas d'Elle comme ça ! Et puis peut-être que je peux l'aider à se battre ? Lui en donner envie ? Qui te dit qu'Elle n'a pas besoin d'une piqûre de rappel ? D'une preuve d'amour ?

— Elle sait que tu l'aimes, crois-moi ! Tout le monde le sait ! En tentant de la persuader que tu es l'homme qu'il lui faut ? Si tu l'étais, Elle serait avec toi. En l'appelant ? En la suppliant ? Aie un peu de dignité !

— Merde, mais Elle était prête à mourir pour moi !

— Mourir pour quelqu'un, c'est facile, c'est vivre avec qui est difficile. Alors arrête ! Elle a fait son choix, ou plutôt, Elle a choisi de ne pas en faire, tant pis pour toi, et tu sais quoi ? Je ne peux même pas la blâmer. Quand on voit où ça t'a mené de te battre… »

Un suicide, pour deux

C'est une vie qui se termine. Une existence qui prend fin. Un monde qui disparaît. Un Tout qui cesse subitement d'exister. Un cœur qui s'arrête brusquement de battre.

Après coup, il n'en reste plus rien, sinon des souvenirs auxquels il est dangereux de se rattacher. Ces souvenirs, ce sont des visions ; celle de son dos, de sa chambre et du regard amoureux qu'elle posait sur moi. Des odeurs ; celle de son parfum, de sa peau et de ses cheveux. Des sons ; celui de sa voix, de son rire et de ses éternuements discrets. Des goûts ; celui de ses baisers, de son corps et de la vie que l'on partageait. Ce sont des sensations ; celle de son étreinte, de nos jambes entrecroisées et de sa main dans la mienne.

C'est la solitude, l'enfermement. C'est une prison. Un anéantissement brutal. C'est un vide. Un vide sidéral dans lequel on tombe à la renverse, comme par accident.

C'est un trou noir qui a tout englouti. Les amis avec qui l'on sortait chaque semaine, et que l'on ne peut se résoudre à appeler, de peur de ne pas être capable de supporter qu'eux la voient encore. Les restaurants où l'on aimait se rendre et où il nous est impossible de mettre les pieds. Les habitudes que l'on avait et que nous n'avons plus le droit d'avoir. C'est un trou noir qui a emporté la vie que l'on menait sans réfléchir, la vie qu'on aimait, parfois sans le savoir, et qui, à présent, nous est interdite.

C'est une alliée qui change de camp. Une sœur qui disparaît. Une mère qui meurt. Une maîtresse qui se marie. Une femme pour qui l'on cesse d'être homme. Une famille dont on ne fait plus partie.

Après coup, c'est le manque. Un manque maladif. Un manque viscéral. Le manque d'une oreille dans laquelle se confier, d'une épaule sur laquelle pleurer, et d'une personne sur qui s'appuyer. Le manque d'un corps à serrer dans ses bras, de jambes à caresser et d'une bouche à embrasser. Celui d'une femme à protéger, et d'un cœur prêt à recevoir l'amour qu'on lui porte. C'est le manque d'une partie de son être. Une partie sans laquelle on n'existe plus vraiment. C'est le manque de soi-même, car sans Elle, il n'y a plus de Je.

C'est une mort. Une fin.

C'est un suicide, pour deux.

Un dîner en ville

C'est peut-être lors du dîner chez Diane que tout a basculé. Lors de ce fichu dîner auquel j'avais envie d'aller comme de me pendre.

Ce soir-là, je ne rêvais que d'une chose, me blottir au fond de son lit et m'endormir dans ses bras avant même que la nuit n'ait fini de tomber. La journée avait été longue, laborieuse, décevante, et pour rien au monde je n'aurais traversé tout Paris dans le froid humide de ce vendredi d'octobre. Pour rien, si ce n'est pour lui faire plaisir. Alors je me suis préparé en feignant de partager son enthousiasme et ne lui ai rien dit de ma mauvaise humeur, de mon examen raté ou de celui qu'il fallait que je révise. J'aurais peut-être dû…

Je n'aimais pas Diane. Je ne l'aimais pas du tout. Elle passait son temps à se plaindre. De la météo, du stage qu'elle ne parvenait pas à décrocher, de son jean, trop serré, de sa jupe, pas assez courte, de ses cheveux, de sa peau, de ses seins, ou du trou de cigarette sur son cabas en toile beige, à gauche, sous la poignée. Se plaindre, c'était bien son droit, mais était-elle obligée de le faire devant moi ? Devant nous ? Il faut croire que oui puisque, chaque fois qu'il lui arrivait quelque chose, elle L'appelait à la rescousse et débarquait en pleurnichant. Nous étions allongés devant un film, à table, ou tout simplement en train de buller dans le salon et voilà qu'elle faisait irruption, les larmes aux yeux et le dos voûté comme si toute la misère du monde y reposait. Il fallait alors l'écouter se lamenter pendant des heures. Lorsqu'elle partait – quand elle partait, ce qui n'était pas toujours le cas – l'après-midi était passé, la soirée envolée, ou la journée déjà trop entamée pour pouvoir en profiter.

Je lui en voulais de gâcher nos moments à deux. D'abord parce que j'avais envie de rester seul avec Elle, ensuite parce que sa présence signifiait qu'Elle trouvait plus important de la consoler que d'être en tête à tête avec moi…

Combien de temps allions-nous devoir rester à ce dîner ? La question m'occupa pendant tout le trajet. Elle m'occupa tant que je ne remarquai même pas à quel point Elle était belle ce soir-là. Elle portait la robe bleu nuit que je lui avais offerte en avril dernier, des escarpins noirs et un imperméable dont Elle avait noué la ceinture dans le dos. Plus que jamais, Elle avait l'air femme, mais je ne le voyais pas. Non, j'étais trop occupé à estimer la durée du dîner. *Une heure à peine, si je trouve une parade ? Deux ? Plus ? Non, impossible. Nous serons rentrés avant minuit.* Me poser cette question ne servait à rien, je le savais, mais j'étais incapable de penser à quoi que ce soit d'autre. Ni à ce que nous ferions une fois de retour à la maison, ni à la façon dont nous occuperions notre week-end, ni même au fait que le taxi venait de s'arrêter devant chez Diane. Sa voix résonna dans l'interphone. « Troisième étage ! » Il était trop tard pour faire marche arrière.

Je ne connaissais pas ses invités. Peut-être les avais-je déjà vus, mais je ne m'en souvenais pas. Mal luné, je ne m'intéressai guère à eux, et au moment de nous mettre à table, je choisis une place excentrée. Place qui avait en plus le mérite d'être proche de la fenêtre qu'il fallait laisser ouverte pour fumer.

À défaut d'aimer cru ce qui est censé se manger cuit, ce que Diane avait préparé n'était pas bon. Tout le monde lui assura pourtant le contraire, à commencer par ma voisine qui, l'alcool aidant, me semblait de moins en moins ennuyeuse. Le vin bon marché choisi par notre hôtesse se mettait à faire son effet, et pour la première fois de la soirée, j'ouvris la bouche pour dire autre chose que « oui », « non », « merci » ou « d'accord ».

Margaux – je crois que ma voisine s'appelait ainsi – me racontait qu'elle venait de se faire embaucher dans une agence de pub quand mes yeux se posèrent sur Elle. Soudainement frappé par Sa beauté, l'espace d'un instant, je la regardai comme si je la voyais pour la première fois.

Je suivis la courbe des longs cheveux blonds qui couraient sur ses épaules, longeai ses bras jusqu'aux petites mains blanches et fragiles qu'Elle agitait en parlant, puis remontai lentement vers son visage pour apprécier la forme en amande de ses yeux verts, l'arc de son nez très légèrement retroussé, et les fossettes qui se dessinaient dans le creux de ses joues lorsqu'Elle riait. Elle était belle, belle comme au premier jour, et je cherchais à lui adresser un signe, un clin d'œil ou un sourire pour le lui dire, mais Elle ne me voyait pas. Pendue aux lèvres du jeune homme assis en face d'elle, Elle semblait fascinée par ses propos, acquiesçait chaque fois qu'il émettait une idée et riait à chacune de ses blagues.

Vexé, je ne m'inquiétais pas pour autant. C'était une femme sociable, aussi douée pour faire parler des inconnus que ses amis les plus proches ; une femme qui savait se rendre agréable et dont on tombait aussitôt sous le charme. D'abord parce qu'Elle vous écoutait, ensuite parce qu'Elle vous comprenait. Elle souriait quand il fallait, prenait un air triste pour montrer qu'Elle partageait votre douleur et agitait ses mains pour se réjouir avec vous de la bonne nouvelle que vous lui annonciez. Elle inspirait confiance, et très vite, qu'on la connaisse ou non, on lui confiait peurs secrètes, angoisses intimes et fantasmes honteux. Non, j'étais vexé, pas inquiet. Elle était ainsi, et c'est aussi pour ça qu'Elle me plaisait.

De longues minutes s'écoulèrent sans que je dise un mot. Hochant du chef chaque fois que je sentais ma voisine décrocher, j'étais obnubilé par Elle et suivais sa conversation d'une oreille distraite quand je surpris un signe qui me fit froid dans le dos. Une seconde plus tôt, ses lèvres s'étaient entrouvertes pour découvrir deux rangées de dents parfaitement blanches qu'Elle s'était empressée de dissimuler. Ses dents, Elle les détestait. Pourquoi ? Je l'ignore. C'était une lubie, et Elle ne les montrait qu'en de très rares occasions.

Quatre ans plus tôt, c'est à moi qu'Elle les avait cachées. Nous étions assis dans un café quand j'avais remarqué ce tic. Encore dans une phase de séduction, nous nous tournions autour sans nous douter une seule seconde de l'histoire que l'avenir nous réservait. Déjà amoureux, je cherchais à lui plaire, tentais de me mettre en valeur et tâchais de la faire rire. J'y étais parvenu et, portée par le moment, Elle avait entrouvert les lèvres avant de les refermer précipitamment. Je le lui avais fait remarquer et Elle avait rougi avant de me confier ne pas supporter ses dents. « C'est à ce moment-là, devait-elle m'avouer trois mois plus tard, que j'ai compris que toi et moi on pouvait aller quelque part. »

« Aller quelque part », était-ce ce à quoi Elle songeait en écoutant le jeune homme assis en face d'elle ? Peut-être, car après tout, n'était-il pas, sans le savoir, en train de me rabaisser ?

Le portrait qu'il peignait de lui-même faisait de moi un petit garçon. Un enfant pas assez homme pour la femme qu'Elle était en train de devenir. Frissonnant chaque fois qu'il prononçait une phrase, je l'écoutais parler de son métier, de son bureau, de son salaire – choses que je n'avais pas –, du fait qu'il venait d'emménager seul – je vivais encore chez mes parents – et des voyages qu'il avait envie de faire – voyages que je ne pouvais pas lui offrir. Et Elle souriait, rougissait et ne pensait même plus à dissimuler ses dents. Les lui cacher aurait demandé un effort surhumain, un effort qu'Elle ne pouvait pas faire ; un effort qu'Elle ne voulait pas faire.

Nous avons fait l'amour en rentrant ce soir-là, par habitude plus que par envie, et n'avons pas évoqué ce dîner. Nous aurions dû, car c'est peut-être là que tout a commencé. Ou plutôt, que tout s'est terminé.

Sept jours sur sept

Un jour sur deux, j'ai envie de me tuer. Un jour sur deux, je voudrais qu'elle meure. Un jour sur deux, j'aimerais avoir un accident de voiture et y passer. Un jour sur deux, j'ai envie de me foutre en l'air. Un jour sur deux, j'en ai le courage.

Sept jours sur sept, j'ai peur.

Un jour sur deux, je pleure. Un jour sur deux, je m'en fous. Un jour sur deux, je prie. Un jour sur deux, j'oublie. Un jour sur deux, j'aimerais qu'elle revienne. Un jour sur deux, je voudrais ne jamais l'avoir rencontrée. Un jour sur deux, je pense à elle. Un jour sur deux, je pense à nous.

Sept jours sur sept, elle me manque.

Un jour sur deux, j'attends. Un jour sur deux, j'avance. Un jour sur deux, j'espère. Un jour sur deux, je vois. Un jour sur deux, j'hésite.

Un jour sur deux, je sais. Un jour sur deux, j'accepte. Un jour sur deux, je refuse. Un jour sur deux, je réalise. Un jour sur deux, je n'y crois pas. Un jour sur deux, je m'y habitue. Un jour sur deux, je ne m'y fais pas.

Sept jours sur sept, je suis perdu.

Ce sera

Ce sera dans un café. Dans un bistrot, dans un restaurant ou dans une brasserie. Elle sera accoudée au comptoir, assise à une table ou installée en terrasse. Elle sirotera un café – elle n'aimait pas vraiment ça à l'époque –, un thé – elle n'en buvait jamais – ou un Coca Zero, pour peu que cela existe encore. Elle fumera sa cigarette électronique, à moins que les « vapoteuses » aient été interdites, allumera une Chesterfield bleue échappée de son paquet de vingt-cinq – pourra-t-on encore fumer dans la rue ? – ou attendra patiemment que le serveur se décide à lui apporter sa commande.

Elle aura les cheveux noués par un élastique, détachés, ou bien coiffés en chignon. Ils seront bruns, comme lorsque nous nous sommes rencontrés, ou blonds, comme le jour où elle m'a quitté.

Elle sera seule et gardera les yeux rivés sur la porte ; entourée d'amis que j'ai déjà entraperçus il y a longtemps ; ou en face d'un homme.

Un homme grisonnant et âgé – son père ? Comme il a changé ! –, en face d'un homme jeune, la trentaine tout juste, comme elle, ou d'un homme dans la fleur de l'âge, la cinquantaine passée, comme elle. Elle le regardera avec amour, compassion, ou désir ; elle ne le regardera pas, l'écoutera d'une oreille distraite ou lui manifestera son désintérêt, sa colère, sa tristesse.

Le jour où nous nous reverrons, sera-t-elle malheureuse ?

Comme un boomerang

Que toutes celles à qui j'ai brisé le cœur lèvent leur verre. Ça y est, ça m'est arrivé ! Eh oui, comme vous avant moi, j'ai été quitté du jour au lendemain. Vous dire que je m'y attendais serait un mensonge, je n'ai rien vu venir. Certes, Elle était un peu distante les dernières semaines, mais j'étais à mille lieues de penser que les choses allaient prendre une tournure aussi dramatique.

La sentence est tombée un jeudi soir. Nous étions assis l'un à côté de l'autre dans le salon quand, probablement gênée par mon silence, Elle m'a demandé ce qui n'allait pas.

« Tu ne crois pas que c'est à toi de me dire ce qui ne va pas ? ai-je rétorqué sans réfléchir, mû par une volonté étrangère dont je cherche encore l'origine. Hein, qu'est-ce qui ne va pas ? T'es bizarre en ce moment, ai-je repris.

— Je… je ne sais plus si je t'aime, a-t-elle balbutié. Enfin je sais que je t'aime, mais… mais je ne sais plus comment. Je… je crois que… que je ne te vois plus comme un homme… »

Oui, il me semble que cela s'est passé ainsi. En revanche, je ne sais plus ce que j'ai répondu. Enfin, répondu, elle n'avait pas vraiment posé de question. Je me souviens juste que mes jambes se sont mises à trembler. Ah ! Ça, je m'en souviens, et je ne suis pas près de l'oublier. Tout mon corps a commencé à s'agiter et j'ai eu toutes les peines du monde à le lui dissimuler. À mon avis, Elle n'a rien remarqué. En tout cas, Elle n'a rien dit, mais tremblote ou pas, je n'avais pas l'air bien. Oh ! Elle non plus. Elle était recroquevillée contre l'accoudoir du canapé, en larmes. D'ailleurs, je ne sais pas trop pourquoi, car, finalement, ce n'était pas moi qui venais d'amorcer la bombe. Non, c'est Elle qui a déclenché le compte à rebours, pas moi.

Ce compte à rebours, il a duré quatre jours – oui, j'ai eu droit à un peu d'espoir. Quatre jours terribles qui ont duré une éternité. Quatre jours terribles qui sont passés en un éclair et pendant lesquels j'ai fait tout ce que vous auriez fait à ma place : crier, pleurer, souffrir et espérer. Quatre jours à l'issue desquels j'ai cru que tout s'arrêterait alors que ça n'avait pas encore commencé. Mais revenons au jeudi soir où tout s'est véritablement terminé...

Il y a eu des pleurs de son côté et un silence inquiet du mien. J'ai tenté de me défendre, de plaider ma cause, comme certaines d'entre vous l'avaient fait avec moi. Cela n'a servi à rien, sinon à prolonger cette nuit probablement vouée d'avance à ma douleur. Oui, je me suis défendu. Comment ? J'ai choisi de l'oublier, à croire que ma dignité en a pris un sacré coup ce soir-là.

Nous sommes restés à parler pendant plus d'une heure. À parler pour ne rien dire. Les dés étaient jetés, et leur tirage incontestable. Nous avons parlé, puis Elle m'a serré dans ses bras. Je mourais d'envie de la sentir contre moi, mais je n'en aurais jamais pris l'initiative, je n'osais déjà plus la toucher. En l'espace de quelques minutes, celle que j'aimais depuis plus de quatre ans était devenue un bijou, une montre. Une montre qu'on essaie chez un joaillier et avec laquelle on s'admire, rêveur, mais qu'on doit rendre faute de moyens. Moi, les moyens – l'amour qu'Elle me portait –, je ne les avais plus et, de fait, j'étais contraint de rendre ce qui m'allait si bien, mais sur lequel, dès lors, je n'avais plus le droit de poser la main.

Elle m'a serré fort, très fort. Elle m'a serré comme si Elle savait que c'était l'une des dernières fois qu'Elle aurait l'occasion de m'enlacer. Je l'ai serrée normalement, comme j'en avais l'habitude. Peut-être ne réalisais-je pas que nos jours étaient comptés, peut-être voulais-je conjurer le sort…

Les quatre jours qui ont suivi cette nuit furent terribles, mais pendant ces quatre jours, Elle était encore là et nous étions toujours ensemble. Ensemble sans l'être vraiment, mais ensemble quand même. La sentence avait été prononcée, mais la peine pas encore appliquée. J'avais le droit de l'appeler, de la voir, et même de l'embrasser. En théorie, rien n'avait changé, et à défaut d'être Nous, nous étions encore Elle et Moi. C'était pénible, bien sûr, mais rien à côté de la souffrance que j'ai éprouvée lorsque le couperet est tombé.

Oui, tout a commencé à l'issue de ces quatre jours sans fin passés trop vite. Tout. L'insomnie, l'angoisse, la nausée, le cœur qui s'emballe quand sonne le téléphone, ou quand l'interphone retentit, les rêves, ou plutôt les cauchemars. Les cauchemars qui vous réveillent à l'aube, la respiration haletante et le front perlé de sueur. Tout. Les moments d'espoir, ceux où l'on croit que tout est encore possible et que la vie telle qu'on l'a connue peut renaître, les périodes de désespoir au cours desquelles on prend conscience que tout est définitivement anéanti, la peur, la solitude, l'isolement, le doute, et l'attente.

L'attente de son retour ou de la mort. La mort qui semble désormais être la seule solution, le remède miracle, la panacée divine. On l'attend et on l'espère, ce messie qui n'arrive jamais, cette délivrance moqueuse qui ne viendra qu'une fois la plaie cicatrisée.

Oui, voyez, j'ai souffert et souffre encore, alors levez vos verres. Levez-les et buvez en mon souvenir. Vous voilà vengées, mes chéries, ça m'est arrivé aussi. Retour de bâton ou de boomerang, vous êtes vengées. Alors pardonnez-moi de vous avoir fait tant de peine, j'ignorais que c'était aussi douloureux.

Pardonnez-moi, je ne savais pas ce que c'était qu'aimer.

Pour le savoir, il faut avoir été quitté.

Normal

Est-il normal d'espérer son retour et d'avoir peur qu'Elle revienne ? D'avoir envie de la croiser au hasard d'une rue et d'éviter son quartier ? D'espérer l'apercevoir en passant devant chez sa meilleure amie et de tourner la tête pour ne pas regarder son immeuble ? De vouloir la voir et de tout faire pour que cela n'arrive pas ?

Est-il normal d'avoir bloqué son numéro et d'attendre qu'Elle m'appelle ? D'avoir éteint mon téléphone et de continuer à l'entendre sonner ? De souhaiter son bonheur et d'espérer qu'Elle soit triste ? D'avoir envie de l'oublier et de prier pour ne jamais cesser de l'aimer ?

Est-il normal d'en avoir assez de rêver d'Elle et de brûler d'impatience à l'idée d'aller me coucher ? D'avoir enlevé sa photo de ma chambre et de continuer à la voir posée sur ma table de chevet ? De savoir qu'Elle est en vie et de croire qu'Elle est morte ?

Est-il normal de lui chercher des défauts et de lui trouver des qualités ? De renier mes sentiments et d'avoir peur qu'ils ne disparaissent ? De regarder d'autres femmes et de La voir, Elle ? De chercher une échappatoire et de m'enfermer ? D'avoir envie de vivre et d'espérer crever ?

Est-il normal d'être seul et de vivre pour deux ? D'être célibataire et de ne pas avoir envie de la tromper ? De penser qu'elle m'aime alors qu'elle m'a quitté ? De croire que c'était il y a mille ans alors que c'était hier ? De croire que je suis vivant alors qu'Elle m'a achevé ?

Long métrage

SCÈNE 2 – CLUB – INT. NUIT

La deuxième scène de notre long métrage pourrait être tournée dans une boîte de nuit pleine d'adolescents, un vendredi soir de février. L'action s'ouvrirait sur une piste de danse bondée. Un travelling rapide montrerait une bande de copines gênées par leur succès, des garçons en sueur gesticulant dans tous les sens, des jeunes filles plus camouflées que maquillées, et des couples qui se formeraient timidement avant de s'embrasser comme si la survie de l'espèce humaine en dépendait. Le tout sur fond d'un morceau démodé joué à plein volume. Un tube dansant composé d'une basse sourde, d'un saxophone bruyant et d'une batterie très rythmée.

On filmerait aussi la file d'attente qui s'étend dans la rue, les videurs emmitouflés dans leur doudoune, et la physio, une petite femme ronde aux cheveux courts, coiffée d'une casquette en tweed résolument rétro. Ce n'est pas primordial, mais ça aurait le mérite de nous mettre dans l'ambiance.

Après avoir tourné autour de la piste et longé le bar, la caméra nous conduirait jusqu'aux tables. Par-dessus la musique, on entendrait des cris, des bribes de conversations, des hurlements joyeux, puis un éclat de rire discret, celui d'une jeune fille de dix-sept ans, qu'on verrait se lever et marcher vers le fond de la salle.

On la filmerait en reculant pour permettre au spectateur de la regarder. Il doit voir ses longs cheveux blonds, l'air faussement hautain que lui donne sa timidité maladive, sa silhouette élancée, les fossettes qui se forment dans le creux de ses joues quand un sourire lui échappe, puis le regard qu'elle se jette une fois arrivée devant le miroir des toilettes. Un regard dur, sévère.

Orientée sur son visage, la caméra viendrait ensuite se fixer sur la glace dans laquelle il se reflète. À la lumière d'un néon violet, nous la verrions remettre du rouge à lèvres – un rouge à lèvres discret qui souligne élégamment le contour de sa bouche –, effacer une trace du rimmel qui a coulé le long de son œil, dissimuler un bouton qu'elle a au bas du menton, bref, se faire belle avant d'aller se rasseoir à côté du garçon dont elle est secrètement éprise.

Le plan suivant la verrait regagner sa table et découvrir que sa place est désormais occupée par une grande brune dont elle envie les formes. Déçue, elle se rabattrait en silence sur un tabouret excentré. Consciente d'avoir l'air éteint, elle tâcherait de sauver les apparences en affichant un semblant de sourire, qu'elle perdrait en les voyant s'embrasser.

À cet instant, la musique changerait brusquement de registre. En parfait décalage avec la scène en train de se jouer, elle passerait d'un tube ringard à un slow langoureux. En rythme avec la mélodie, la caméra zoomerait sur notre actrice principale qui, plus triste encore que le chanteur éploré dont la voix résonne dans les haut-parleurs, ne bougerait pas d'un cil.

Les yeux dans le vague, elle tenterait tant bien que mal de ne pas s'effondrer, mais elle finirait par céder. Une larme, rien qu'une seule, coulerait alors le long de sa joue gauche, lentement, très lentement. Aussi lentement que les gens qui passent dans son dos vont vite.

En arrière-plan, sur la piste, c'est la joie, le bonheur, l'insouciance la plus totale. On se jauge, on s'apprivoise, puis on danse serrés l'un contre l'autre. Des doigts s'entremêlent, des jambes se frôlent, des lèvres s'effleurent ; des couples se forment. Il y en a un nombre incalculable, et, la musique aidant, même les garçons les plus timides osent approcher les filles qui leur plaisent. Maladroits, la plupart rateront l'opportunité de découvrir le goût d'un baiser sans lendemain, tandis que d'autres, plus chanceux, tomberont sur une jeune fille assez entreprenante pour les forcer à se désinhiber. Des chanceux, il n'y en a pas beaucoup. À vrai dire, il n'y en a qu'un. Un – très – jeune homme de quinze ans sur qui une petite brune vient de se jeter.

Zoomant sur eux, la caméra les filmerait pendant qu'ils s'embrassent, puis on les verrait être séparés par la foule qui se remet à danser. Bousculés, ils se perdraient de vue et se retrouveraient vite aux deux extrémités de la piste. Inquiet à l'idée d'avoir perdu sa partenaire, le jeune homme se lancerait à sa recherche. Essuyant coups d'épaule sur coups d'épaule, il courrait au bar, aux toilettes, puis au vestiaire, où il la trouverait dans les bras d'un autre. Dépité, il resterait à la regarder un moment, puis gagnerait la sortie.

Dehors, il allumerait une cigarette et s'adosserait aux barrières. Le vent soufflerait dans ses cheveux, il aurait les joues rouges et le même air absent que notre actrice principale, dehors elle aussi, à la recherche d'un briquet. La voyant approcher, il lui tendrait du feu, et esquisserait un sourire auquel elle répondrait par un hochement de tête gêné. Malheureux et abattus, ils fumeraient sans échanger un regard, puis partiraient chacun de leur côté, sans se douter une seule seconde que ce qu'ils cherchaient ce soir, ils le trouveraient bien des années plus tard en tombant amoureux l'un de l'autre…

Diagnostic

Je ne sais pas ce qui me fait le plus mal : que nous ne soyons plus ensemble, ou qu'Elle puisse être avec un autre. Qu'Elle ne me veuille plus comme confident, ou qu'Elle ait trouvé une oreille plus attentive. Qu'il n'y ait plus de « nous », ou qu'il puisse y avoir un « eux ». Qu'Elle soit partie pour quelqu'un ou, pire, pour être seule. Que ce quelqu'un la rende heureuse, ou qu'il la fasse souffrir.

Je ne sais pas ce qui me fait le plus mal, qu'Elle souhaite mon bonheur, ou qu'Elle s'en moque. Que m'imaginer avec une autre apaise sa conscience, ou qu'Elle n'ait déjà plus besoin que je sois épanoui pour l'être à son tour. Qu'Elle puisse regretter et ne pas revenir, ou qu'Elle soit certaine de son choix.

Je ne sais pas ce qui me fait le plus mal, qu'Elle m'ait oublié, ou qu'Elle pense à moi comme à un doux souvenir. Que je fasse partie de son passé, ou que je n'appartienne plus à son futur. Qu'Elle ne prononce plus mon prénom, ou qu'il ne lui évoque déjà plus rien. Que nous devenions des étrangers, ou que nous l'ayons toujours été.

Non, je ne sais pas ce qui me fait le plus mal, qu'Elle m'ait quitté, ou qu'Elle m'ait aimé.

Allô ?

C'est encore la nuit que c'est le moins pénible. Parce que je suis seul et que personne ne peut me surprendre. La journée, il me faut affronter le regard embarrassé des gens qui m'entourent. Épié chaque fois que je sors mon téléphone de ma poche, c'est à peine si je ne me cache pas pour vérifier qu'il fonctionne. Non, il n'a pas sonné. Mais qui sait, si, sans le faire exprès, je ne l'ai pas mis en silencieux ? Elle va m'appeler. Je le sais, je le sens, et je ne veux pas La rater. Ce n'est qu'une question de secondes, de minutes. Une question d'heure à tout casser. Oui, tout va bientôt s'arranger. Il suffit d'un coup de fil…

Prêt à décrocher, je garde les yeux rivés sur l'écran noir de mon portable, feignant de sourire ou de m'étonner pour faire croire à ceux qui sont près de moi que je réagis à une nouvelle, à un message, à quoi que ce soit. Mais il ne se passe rien et j'attends, sursautant à chaque sonnerie, à chaque vibration, persuadé que c'est Elle, alors que c'est une alerte info, une publicité mal choisie pour des vacances en couple ou une proposition douteuse envoyée par un robot prénommé Natasha. Parfois, il ne s'agit que de mon imagination. La fatigue ? Les nerfs ? Je suis en plein rêve éveillé quand une sonnerie lointaine me ramène à la réalité. Il me faut quelques secondes pour comprendre d'où elle provient et me ruer sur mon téléphone. Quand ma main s'en approche, les battements de mon cœur s'accélèrent. Ça y est ! C'est Elle ! Enfin, me dis-je. Mais mon portable n'a pas sonné, j'en ai seulement rêvé.

Réelles ou imaginées, ces sonneries me fichent le cœur en vrac. Je voudrais prendre mon téléphone et appeler quelqu'un, n'importe qui, simplement pour vérifier que le réseau n'est pas saturé, ou envoyer un mail, pour m'assurer que ma boîte fonctionne, mais je n'ose pas de peur que ce ne soit au moment où Elle cherche à me joindre. Alors, j'attends en fixant les traces de doigts laissées sur l'écran. Elles semblent avoir dessiné des yeux, un nez et un sourire narquois qui me rappellent que je n'ai qu'une touche à enclencher pour me retrouver au-dessus de Son épaule, dans Sa chambre, peut-être même sur Son lit. Une touche, rien qu'une touche et j'y suis, mais à quoi bon ? Je veux y être invité, pas entrer par effraction.

L'invitation viendra, c'est certain. Un matin, au réveil, ou pendant la nuit, quand mon téléphone se recharge. Il paraît que ce genre de choses arrive quand on s'y attend le moins, alors, par superstition, j'active le mode silence en me couchant. Les doigts croisés, je fais semblant de chercher le sommeil, en scrutant le plafond dans l'espoir qu'il s'éclaire à la lumière d'un appel. Les yeux fermés pour ne pas qu'ils s'habituent à l'obscurité, je tâche de ne pas sombrer, mais le sommeil qui ne venait plus depuis des jours survient enfin, et rien ne peut me réveiller. Rien, sinon la lueur blanche que je crois distinguer derrière mes paupières closes. D'où vient-elle ? Aurais-je oublié d'éteindre ma lampe de chevet ? Non, je l'ai éteinte, bien sûr que je l'ai éteinte. Est-ce une cigarette oubliée ? Non, la lumière ne serait pas aussi vive. Le jour, déjà ? J'aurais pourtant juré que… Quelle heure est-il ? Je l'ignore et tends le bras pour attraper mon portable. La lumière disparaît aussitôt et, malgré la fatigue, j'ouvre les yeux pour découvrir que ma chambre baigne dans l'obscurité.

Il fait nuit, mais alors, cette lumière ? Mon téléphone, bien sûr !

Affolé à l'idée d'avoir répondu sans le vouloir, je le porte à mon oreille et m'écrie : « *Allô ? Allô ? Mon chat, c'est toi ? Allô ?* » Mais il n'y a personne au bout du fil.

Elle & Lui

ON DÉJEUNE ?

Une semaine, Elle avait attendu une semaine pour l'appeler. Elle avait hésité à le faire le jour même, puis le lendemain, mais Elle ne se sentait pas prête. Consciente qu'elle ne le serait jamais vraiment, Elle avait néanmoins retardé le plus possible le moment d'annoncer la nouvelle à Diane. Pourquoi ? Avait-elle honte ? Éprouvait-elle des regrets ? Espérait-elle que je me manifeste et ainsi éviter d'avoir à affronter le jugement de sa meilleure amie ? Diane ne me l'a pas dit. Probablement parce qu'elle ne l'a jamais su. Probablement parce qu'elle ne se l'est jamais demandé. À moins que ce ne soit moi qui n'ai pas abordé le sujet. Peu importe.

Moi-même, j'avais attendu plusieurs semaines avant de l'appeler, Diane. À vrai dire, j'avais attendu plusieurs semaines pour appeler qui que ce soit. Toutefois, mon premier coup de fil fut pour elle, et quel courage m'a-t-il fallu réunir pour le faire. Diane n'a pas reconnu ma voix, je me souviens que ça m'a vexé. M'avait-elle déjà oublié ? Non, nous ne nous étions simplement jamais parlé au téléphone. Après avoir entendu mon prénom, elle m'avoua s'être doutée que je finirais par la contacter. Cette révélation me mit aussitôt dans une position de faiblesse désagréable, et j'avais hésité à raccrocher, mais il fallait que je lui parle, qu'elle me raconte. Elle l'avait vue, j'en étais certain, et le besoin de savoir ce qu'Elle lui avait confié surpassait de loin la perte du peu de dignité qu'il me restait.

« Oui, bien sûr qu'on peut se voir. Enfin, si tu y tiens. Mais tu sais, ça ne va…

— Rien changer ?

— Pas t'être très utile, ça ne va pas t'être très utile. Mais oui… ça ne va rien changer.

— Je sais, Diane. Je sais.

— Mon planning est ultra-chargé cette semaine, je peux te caler entre deux trucs vendredi. »

« Me caler ». Je ne relevai pas et notai seulement qu'elle ne me demandait même pas si j'étais libre vendredi. Pas la peine, et elle le savait bien. J'étais à la merci de son bon vouloir, et la soupçonnais d'en tirer un certain plaisir.

Vendredi arriva lentement, et appréhendant notre rendez-vous comme un examen dont mon avenir dépendait, je m'étais réveillé à l'aube. Le reflet que me renvoya le miroir me fit horreur. Mes yeux étaient cernés, mon teint pâle, mon visage bizarrement marqué et mes cheveux ébouriffés. Dépité, je n'essayai pas de m'arranger. Pourtant, j'aurais voulu être beau ce jour-là, car Diane ne manquerait pas de Lui dire comment elle m'avait trouvé, mais je n'avais pas le courage de faire semblant. Ni devant le miroir de la salle de bains ni une fois en compagnie de Diane, à qui j'épargnai un sourire faussement sincère.

« Comment Elle va ? »

Ma première question ne la surprit pas. Elle s'y attendait, et je crois que ma spontanéité l'empêcha de penser à tort qu'elle était préparée.

« Qu'est-ce que tu veux que je te dise ? Pas bien. Ça ne peut pas aller autrement. Elle pleure beaucoup, elle ne sort pas de chez elle, elle reste dans son lit… Non, Elle ne va pas bien. »

Je m'en doutais, mais l'entendre me fit souffrir. D'abord parce que je souhaitais son bonheur, ensuite parce que je me demandais pourquoi Elle était aussi malheureuse. Était-ce à cause de la culpabilité ? Des remords ? De la solitude ? Je ne posai pas la question à Diane, que je savais incapable de comprendre quoi que ce soit aux paradoxes douloureux des sentiments amoureux.

« Tu... tu sais depuis longtemps ?

— Pour vous ? Enfin, qu'elle t'a quitté ?

— Oui, réussis-je à bredouiller en réprimant la souffrance que m'avait causée le fait d'entendre quelqu'un parler de notre rupture avec autant de froideur.

— Elle me l'a dit la semaine dernière.

— Ah... Très bien. Euh... comment ?

— Comment ça, comment ? »

Faire parler Diane allait être difficile. L'empathie n'était pas sa qualité première et elle était à mille lieues d'imaginer l'importance qu'avait pour moi le moindre détail. Pour Diane, que je sache comment Elle était habillée, où Elle lui avait dit, sur quel ton et avec quels mots, ne changeait rien à mon problème. Elle avait raison, ça ne changeait rien, mais j'avais besoin de savoir et je réussis à lui tirer les vers du nez au prix de nombreux efforts.

Elle l'avait appelée un lundi. Une semaine après notre rupture, jour pour jour...

« Allô, Diane ?

— Salut, ma chérie, ça va ?

— On peut se voir ?

— Ça ne va pas ?

— On déjeune ?

— Quoi, aujourd'hui ?

— Oui, aujourd'hui.

— Mais il est déjà 13 heures. Je reprends le boulot dans…

— Diane, viens déjeuner à la maison, s'il te plaît. »

Diane avait compris que quelque chose n'allait pas. Ce n'était pas dans ses habitudes de lui proposer de déjeuner en semaine, et qui plus est de la prévenir à la dernière minute. Après avoir raccroché, elle avait hésité à annuler, mais quelque chose lui dit que le jour était mal choisi pour se soustraire à ses « obligations » de confidente. Elle n'était pas loin, trois stations de métro à peine, et arriva un quart d'heure plus tard. Pénétrant dans l'ascenseur, Diane bloqua les portes coulissantes avec son sac pour prendre le temps de se recoiffer. Elle voulait être radieuse, et avoir l'air aussi heureuse que sa meilleure amie promettait d'être triste. Un large sourire imprimé sur le visage, elle sonna à la porte du cinquième étage. Manque de chance, celle-ci était déjà ouverte, et personne ne vint l'accueillir. Honteusement déçue,

Diane entra et la claqua derrière elle. Elle se rendit d'abord dans le salon, puis dans la cuisine, où les deux amies avaient l'habitude de s'installer pour discuter, ne la trouva pas, et traversa le couloir qui menait à sa chambre, en jetant un coup d'œil furtif dans l'entrebâillement des portes de la salle de bains et des toilettes. Allongée dans son lit, la tête recroquevillée sous ses oreillers, Elle ne l'avait pas entendue arriver et poussa un cri de surprise lorsque Diane s'assit à côté d'Elle.

« Qu'est-ce qui se passe, ma chérie ? » lui demanda cette dernière.

Incapable de répondre, Elle s'était levée pour la prendre dans les bras et éclata en sanglots dans le creux de son cou parfumé.

Diane n'avait pas imaginé la situation aussi grave et ne put s'empêcher de regretter de ne pas s'être décommandée. Bien qu'elle en soit si souvent victime, le malheur lui faisait peur. Elle ne savait comment agir devant quelqu'un qui pleure, ne trouvait jamais les mots justes et se sentait idiote face à la tristesse des autres. Sa meilleure amie, elle, était douée pour ces choses-là. Elle parvenait rapidement à vous consoler et réussissait à dédramatiser les situations les plus terribles.

En temps normal, Diane aurait eu la bêtise de dire que tout allait s'arranger avant même de savoir de quoi il retournait, mais cette fois, elle la prit par le bras et l'emmena à la cuisine où elle la fit asseoir face à la fenêtre.

« Alors, dit-elle en remplissant la bouilloire, tu veux me raconter ce qu'il se passe, Cachou ? »

« Cachou », Diane l'appelait ainsi depuis toujours, et entendre ce surnom hérité de leur enfance lui fit un bien fou. Elle se redressa sur sa chaise, sécha ses larmes et reprit ses esprits.

« Bon, ne t'inquiète pas, dit-elle comme pour se rassurer elle-même, je… je suis célibataire.

— Quoi ? Il t'a quittée ?

— Non, c'est…

— Il est mort ? Il a eu un accident ?

— Mais non, Diane, c'est… c'est moi qui l'ai quitté.

— Il t'a trompée, c'est ça ?

— Non. Enfin, pas que je sache.

— T'as rencontré quelqu'un ?

— Non, j'ai rencontré personne.

— Mais alors pourquoi ? »

Le semblant de calme qu'Elle avait réussi à conserver jusque-là s'évanouit avec cette question. Pourquoi ? Elle l'ignorait et en avait terriblement honte.

« Je… je ne suis plus, enfin je n'étais plus amoureuse de lui. Je ne le voyais plus comme… comme un… »

« Tu es sûr que tu veux savoir ?
— Oui, Diane, vas-y, raconte-moi.
— Non, parce que, tu sais, elle n'a fait que me répéter ce qu'elle t'avait dit.
— Diane, s'il te plaît. »

« Je ne le voyais plus comme un homme.
— Tu ne le voyais plus comme un homme ? Qu'est-ce que ça veut dire ?
— Je ne sais pas, que je ne le voyais plus comme un homme. J'avais… j'avais plus vraiment envie de lui.
— C'est peut-être juste une petite baisse de libido, non ?
— Peut-être, mais il n'y a pas que ça, Diane. Je… je suis perdue en ce moment. Je sais pas quoi faire… Je suis… je suis paumée. J'ai besoin de temps pour réfléchir.
— D'accord, Cachou, mais tu sais qu'il ne sera peut-être plus là dans deux mois ?
— Je sais, Diane, je sais. Oh, j'espère tellement qu'il va bien !
— Comment veux-tu qu'il aille bien ? Il est fou de toi.
— Arrête, dis pas ça, je t'en prie.
— Mais c'est la vérité, Cachou. C'est de lui qu'on parle. De lui !
— Arrête, s'il te plaît. Arrête ! Je ne veux pas lui faire du mal. Oh, je voudrais mourir… »

Mourir. Le mot lui avait échappé, Elle l'avait dit comme ça, sans réfléchir, parce qu'à l'époque c'est ce qu'Elle voulait. S'endormir une nuit, et ne jamais se réveiller, car c'était trop dur. Tout était trop dur, trop pénible, trop douloureux. Les pleurs, les cris, les angoisses, la panique, Elle n'en pouvait plus. Depuis une semaine, Elle passait ses journées en pyjama, au lit, devant des séries télé dont l'intrigue reflétait bizarrement ses problèmes. Rupture, divorce, séparation, les épisodes devant lesquels Elle comatait du matin au soir la renvoyaient inlassablement à sa vie. Elle voyait des maris tout tenter pour récupérer leur épouse, des jeunes filles commettre l'irréparable pour soulager leur peine, et des hommes abandonnés gâcher les efforts d'une vie, dans l'espoir que sacrifier leur avenir sur l'autel du chagrin ferait revenir l'être aimé. Certains couples se reformaient, d'autres pas, et Elle essayait d'imaginer ce qu'il se passerait si Elle revenait. Seraient-ils heureux ? Lui pardonnerait-il ? Ou se sentirait-elle emprisonnée ? Elle l'ignorait, et malgré sa curiosité, Elle n'avait pas envie de le découvrir, quelque chose lui disait qu'Elle avait pris la bonne décision. Certes, Elle était malheureuse et déprimée, mais Elle était aussi soulagée. Plus de messages à lui envoyer en se réveillant ou en se couchant, plus d'angoisses à calmer, plus d'obligations. Oui, tout était devenu une obligation, le voir, l'aimer, coucher avec. Ce n'était plus un plaisir, mais une habitude, un devoir presque.

« C'est terrible, mais je suis soulagée.

— Non, c'est… c'est bien, Cachou.

— Non, c'est pas bien, j'ai honte, si tu savais, mais honte…

— Écoute, ça ne sert à rien, maintenant que tu as pris ta décision, il faut que tu reprennes ta vie en main.

— Et si je n'y arrive pas sans lui ? C'est lui qui me calmait quand j'étais pas bien, lui qui me remontait le moral, lui qui m'a aidée à devenir ce que je suis…

— Oui, enfin ça, tu n'as pas attendu aujourd'hui pour le découvrir.

— Peut-être que je pourrais l'appeler ? Juste pour savoir comment il va, pour prendre des nouvelles…

— Non, tu ne vas pas jouer avec lui comme ça, et puis son ex, on ne l'appelle pas.

— C'est pas mon ex.

— Si, Cachou, c'est ton ex.

— Non, c'est… c'est lui, c'est tout. C'est lui. »

« Mais toi, Diane, qu'est-ce que t'en penses ? Tu… tu crois qu'Elle va regretter ?

— J'en sais rien. Tout ce que je peux te dire, c'est que je lui ai fait promettre de ne pas jouer avec tes sentiments et de ne pas revenir pour mieux s'en aller trois mois plus tard. Mais il faut que tu saches qu'elle t'a aimé. OK, elle t'a quitté, mais ça ne remet pas en question votre histoire.

— Tu sais, je ne lui en veux pas, mais je trouve ça nul qu'Elle m'ait achevé au téléphone.

— Au téléphone ?

— Oui. Quatre jours après m'avoir annoncé qu'Elle ne savait plus si Elle m'aimait, Elle m'a appelé pour me dire que c'était fini. Je méritais mieux que ça, non ? »

Rhétorique du subconscient

ACTE II. UNE QUESTION DE TAILLE

« Tu sais quoi ? La vérité, c'est que ce n'est pas Elle qui te manque.

— Ah bon ? Et qui me manque alors ?

— L'idée que tu te fais d'Elle. L'idée que tu ne cesses d'améliorer à mesure que le temps passe, car maintenant que vous ne vous voyez plus, Elle peut devenir ce que tu veux qu'Elle soit.

— Tu sais combien de temps on est restés ensemble, non ? Alors t'es gentil, mais je pense que je la connais suffisamment bien pour ne pas me faire d'idées.

— Ça, c'est ce que tu crois, mais depuis votre rupture tu es devenu une espèce d'amnésique. T'as oublié tout ce qui ne te plaisait pas pour ne garder que le meilleur. Tu as poli ses traits et gommé ses imperfections, tu l'as affinée, dégrossie, tu l'as transformée.

— Je n'ai rien oublié du tout.

— Un amnésique ne se rend jamais compte de ce qu'il a oublié…

— Putain, mais je suis pas amnésique ! Je sais ce qu'Elle est et ce qu'Elle n'est pas.

— Ah ?

— Oui, c'est une femme intelligente, courageuse, prête à…

— Et vis-à-vis de toi, hein ? Vis-à-vis de toi, Elle était comment ? Amoureuse, bienveillante, et toujours là quand tu en avais besoin, je présume ?

— Et c'est moi qui ai tout oublié ? Oui, Elle était tout ça, mais pas seulement. Elle était mille autres choses, mille autres femmes ! Une femme enfant qui, pour m'amuser, inventait des mots tels que “réfrigérateuriser”, “micro-onder” ou “chaussonner”. Une femme maman qui a toujours su trouver les mots justes pour me consoler et qui, des dizaines et des dizaines de fois, a réussi à apaiser mon chagrin. Une femme fatale, capable de tout abandonner pour me sauter dessus et m'arracher mes vêtements. Merde ! Elle était amoureuse, quoi.

— C'est bien ce que je disais, amnésique… Tu crois qu'Elle était amoureuse, mais Elle n'a jamais vraiment fait attention à toi !

— Eh bien, je ne sais pas si j'ai effacé quoi que ce soit, mais toi, tu inventes, mon vieux.

— J'invente ? Laisse-moi te rafraîchir la mémoire... Vos retrouvailles après ses séjours à l'étranger, tu t'en souviens ?

— Évidemment ! C'était... c'était génial. Qu'est-ce que tu veux que je te dise ? Deux amoureux qui renouent après trois mois de séparation, comment veux-tu que ça se passe ? On était heureux. Heureux comme au premier jour.

— Heureux ? Et le mardi d'octobre où Elle est rentrée de je ne sais où, tu étais heureux ? À l'époque, t'étais encore à la fac, et ce matin-là, tu avais cours. Dès que tu as pu quitter l'amphi, tu t'es rué chez Elle. Ah... Tu avais hâte de la retrouver, Elle t'avait tant manqué. Mais qui t'a ouvert la porte lorsque tu es arrivé les bras chargés du petit déjeuner acheté en chemin ? Elle, impatiente de te revoir ? Non, mon pote, la femme de ménage. Elle, Elle était au fond de son lit, plongée dans un demi-sommeil. Tu es entré timidement dans sa chambre et tu as déposé un baiser sur sa joue pour la réveiller, mais plutôt que de te sauter au cou, Elle a marmonné quelque chose que tu n'as pas entendu et s'est rendormie aussi sec. Et toi, t'es resté là comme un con, assis sur le bord du lit, à la regarder, deux cafés en train de refroidir à tes pieds. Alors, tu étais heureux ce jour-là ?

— Je… Non, mais…

— Mais quoi ? Qu'est-ce que tu vas lui trouver comme excuse ? Le décalage horaire ? La fatigue du voyage ? Le manque de sommeil accumulé depuis plusieurs jours ?

— Elle était partie travailler ! Évidemment qu'Elle était fatiguée !

— Ah ! Fatiguée… Comme le jour de ton anniversaire l'année dernière ? Tu te souviens ? Vous n'étiez pas ensemble. À minuit pile, ton téléphone a sonné, tu as souri, certain qu'Elle tenait à être la première à te le souhaiter, mais non, Elle voulait simplement te dire bonne nuit. Même pas fichue de réaliser que tu venais d'avoir vingt-quatre ans… Ce jour-là aussi tu étais heureux peut-être ?

— Non, je…

— Non, tu n'étais pas heureux. Exactement comme lorsque tu ouvrais ses cadeaux. Elle avait du goût, certes, mais pas le compas dans l'œil… Dire que tu as dû changer tous les vêtements qu'Elle t'a offerts ! Mais quelle femme ne connaît pas la taille de son homme ?

— Une femme qui…

— Cesse de lui chercher des excuses. Elle n'en a pas. Et quand bien même Elle en aurait, cela ne change rien. Lorsqu'on aime, on ne cherche pas d'excuse, on cherche du temps, du courage, des solutions. Les années que vous avez passées ensemble n'ont été qu'une accumulation de petites déceptions, si tu l'as oublié, moi, je m'en souviens pour deux.

— Merde, c'est quoi, ton but ? Me dégoûter d'Elle ?

— Non, je veux juste que tu ouvres les yeux et que tu la voies sous son vrai jour. Depuis qu'Elle t'a quitté, Elle est devenue un personnage de roman, l'héroïne de l'histoire que tu te plais à te raconter soir après soir. Tu la façonnes au gré de tes envies, de tes désirs, de tes besoins, mais tu oublies qui Elle était, comme tu oublies à quoi ressemblait vraiment votre histoire. Tu vous imagines une relation fougueuse et passionnée, vous n'entreteniez qu'une tendre amitié ; un amour absolu et unique, vous ne partagiez qu'un amour commun et banal. La femme dont tu es amoureux n'existe pas, c'est un fantôme. Un fantôme que tu as créé de toutes pièces et qui est en train de prendre l'ascendant sur la réalité.

— Tu délires complètement, mon pauvre vieux…

— Eh bien, moi, je pense que celui qui délire, “mon pauvre vieux”, c’est celui qui croit être malheureux parce qu’il a été quitté, alors qu’il souffre de n’avoir jamais été vraiment aimé. »

Réciproque

Il n'y a pas eu de cri, de vaisselle cassée ou d'insulte. Il n'y a pas eu de méchanceté, de coup bas ou de violence. Non, cela s'est fait dans le calme. Sans bruit ni éclat de voix. Dans un silence douloureux et pénible.

Il n'y a pas eu de hurlement, de brutalité ou de traîtrise. Il n'y a pas eu de menace, de dispute ou de cruauté. Non, cela s'est fait avec un semblant de gentillesse. Sans fougue ni ardeur. Avec une passivité douloureuse et désespérante.

Il n'y a pas eu d'avertissement, de préavis ou de mise en garde. Il n'y a pas eu de réflexion, de débat ou de dialogue. Non, cela s'est fait à toute vitesse. Sans prendre le temps d'y mettre les formes. Dans une précipitation douloureuse et blessante.

Il n'y a pas eu d'affrontement. Non, cela s'est fait sans se faire. Un coup de fil et quelques mots qui se voulaient rassurants. Un au revoir qui signifiait adieu. Un cri muet et des larmes sèches. Oui, nous nous sommes quittés sans vraiment le faire.

Et dire qu'il paraît qu'on se sépare comme on s'est aimés…

Ce sera

Ce sera dans un magasin. Un magasin de chaussures, une boutique de luminaires, un fleuriste, une boulangerie ou un supermarché. Sur l'épaule, Elle aura un grand cabas – chic, élégant, sobre, comme Elle – duquel dépasseront des courses en tout genre. Baguette au pavot, bouquet de pivoines blanches, bouteille de jus d'orange sans pulpe, et sachet de pharmacie plein de vitamines, de médicaments pour ses migraines et de Ventoline pour ses poumons – ses petits poumons fragiles qui s'essoufflaient sans raison.

Elle traînera un chariot à roulettes. Un affreux truc en Skaï sur lequel se refléteront les lumières blafardes du rayon surgelé de l'hyper de son quartier. Elle le tirera en claudiquant, mais feindra de n'éprouver aucune peine. Elle y glissera de quoi cuisiner des pâtes à la carbonara – Elle les préparait divinement bien –, de la litière pour son chat – sera-t-il encore vivant, ce merveilleux siamois qu'elle aimait tant ? – ou des légumes pour sa sœur, chez qui Elle s'apprêtera à se rendre pour leur déjeuner du dimanche.

Elle n'aura ni chariot ni sac, et entrera les mains dans les poches dans l'une des dernières petites librairies de quartier pour acheter un livre – lira-t-on encore sur papier ? –, dans l'atelier d'un ébéniste, ou chez un vieil artisan.

Elle cherchera quelque chose, ne le trouvera pas, et se tiendra debout de longues minutes, face à ce terrible dilemme : *Dois-je oui, ou non, opter pour la sous-marque ?*

Elle cherchera quelque chose, et mettra aussitôt la main dessus, ne me laissant ainsi pas le temps de me demander : « *Est-ce que c'est Elle ?* »

À présent, saura-t-elle se décider rapidement ?

Elle(s)

AMSTERDAM PARANO

La première fois, c'était à Amsterdam. Peu de temps après, très peu de temps. Une semaine, deux maximum. L'espoir qu'Elle revienne existait encore. Tout n'était pas perdu, du moins c'est ce que je croyais.

Quelques amis avaient prévu d'y passer le week-end et, pressé par leur insistance, j'avais accepté de les accompagner. Sur le moment, l'idée m'avait paru bonne. Elle ne l'était pas. Loin de Paris, je ne cessais de L'imaginer venir frapper à ma porte ou se poster devant mon immeuble et attendre. Attendre, que je lui ouvre ou que je sorte, pour me sauter dans les bras, me demander pardon et me dire qu'Elle regrettait. Oui, ce week-end, je le savais, Elle allait comprendre son erreur ; or je n'étais pas là, et qui sait si mon absence ne la ferait pas changer d'avis. Sur la route, j'avais hésité à demander à mes camarades de faire demi-tour, mais ne voulant pas doucher leur enthousiasme, je m'étais tu.

Antoine, Victor, Thomas, Chris, ils étaient heureux d'être là et débordaient d'énergie. Ils voulaient sortir, aller au casino, visiter les musées, découvrir le quartier rouge, faire le tour des coffee-shops les plus célèbres et toute une foule d'autres choses auxquelles je n'avais ni l'envie ni la force de participer.

Conscients de la fragilité de mon moral, ils se relayaient auprès de moi comme auprès d'un malade et, lorsque nous étions réunis, ils me parlaient. De leurs histoires, de leurs ruptures, de leurs expériences, et c'était sûrement passionnant, mais ayant passé l'après-midi à fumer, j'étais aussi incapable de les comprendre qu'eux d'aligner deux phrases sensées…

Aussi bienveillants soient-ils, leur empathie avait des limites. Mon courage aussi, et après avoir joué les rabat-joie pendant toute la journée, je décidai de les abandonner. Diplomates, ils tentèrent de me retenir, mais le combat était perdu d'avance. J'avais besoin de solitude, et réussis à le leur faire entendre en acceptant de les suivre pour un dernier verre.

Mes camarades sautèrent sur l'occasion pour débattre de ma rupture. À peine nous étions-nous assis qu'ils s'étaient remis à échanger points de vue, avis et conseils, certains qu'à l'issue de leur concertation une solution serait trouvée. Des solutions, bien sûr, il n'y en avait pas. Ils finirent par s'en rendre compte et proposèrent – non sans plaisir – de se soumettre au châtiment réservé aux grands penseurs dont ils avaient endossé les rôles. Chris prononça le verdict en déposant cinq petits sachets sur la table. « Condamnation à mort par ingestion de la ciguë. » Tout le monde rit, moi y compris, plus pour masquer mon inquiétude que parce que cela m'amusait.

L'herbe m'avait rendu parano, et en observant les champignons hallucinogènes posés devant moi, je fus pris de panique. Je n'y avais jamais goûté, et imaginais que le faire me pousserait à sauter dans un canal, à me jeter sous les roues d'un tramway ou à agresser des cyclistes confondus avec des envahisseurs venus d'une autre galaxie. Par peur, ou peut-être était-ce par raison, je préférais ne pas y toucher.

« Tant mieux, dit Victor plutôt que de me forcer la main. L'un de nous doit rester lucide. Mais du coup, t'es obligé de venir. Tu vas quand même pas nous laisser courir les rues complètement défoncés, si ? »

Le piège se refermait. Mais entre les accompagner dans leur nuit d'ivresse et me faire violence pour avaler les brisures humides qui gisaient devant moi, le choix était facile. Elles avaient un goût amer, rance, âcre, et fondaient sur la langue. Leur texture terreuse me donna la nausée et, incapable de mâcher, je gobai le reste de ma ration. Je regrettai mon choix aussitôt après avoir dégluti, mais impossible de faire marche arrière. Le compte à rebours était lancé.

Un quart d'heure plus tard, je ne ressentais toujours aucun effet. Ma tête tournait certes un peu et je ne marchais pas aussi vite qu'à l'accoutumée, mais aucune hallucination en vue. Errant seul dans une rue déserte, je cherchais l'hôtel sans avoir vraiment envie de le trouver, car aller me coucher, c'était prendre le risque de La voir apparaître. Pour ça, pas besoin de drogue. Il suffisait de fermer les yeux et ses traits se dessinaient derrière mes paupières. Elle était là, si proche, si loin, et je pouvais Lui parler, La toucher, La sentir. Dans mes rêves, Son parfum prenait la forme d'aurores boréales multicolores, dont je tentais en vain de remonter les traînées vertes, bleues, jaunes ou rouges.

Rouge, tiens, comme les lumières que j'apercevais à l'horizon. Elles étaient loin, mais je sentais déjà leur éclat me brûler les yeux. J'avais mal en les regardant et voulais m'en éloigner, mais je n'étais plus maître de mes mouvements. Elles m'appelaient, m'ensorcelaient ; j'avançais tel un pantin jusqu'à me trouver devant elles. Hypnotisé, je ne vis pas tout de suite les silhouettes à demi nues debout derrière les vitrines qu'elles illuminaient. Des femmes étaient là pourtant. Il y en avait des dizaines, des centaines, peut-être plus. L'une d'elles attira très vite mon attention. Elle dansait. Balançant les hanches de gauche à droite, elle agitait sa tête, ses bras, puis se mit à tourner sur elle-même en faisant voltiger ses longs cheveux bruns. À chaque tour, son corps se métamorphosait ; je vis ses cuisses s'affiner, ses jambes s'allonger, ses seins rétrécir, ses yeux se foncer, et son visage se transformer. Lorsqu'elle s'arrêta enfin, une autre avait pris sa place. C'était Elle, derrière la glace ! Elle !

Je n'en crus pas mes yeux et m'approchai aussitôt. Sans un mot, Elle ouvrit la porte, prit ma main et me conduisit dans une pièce sans fenêtre. Dans un état second, je cherchais à lui parler, à l'embrasser, à la serrer contre moi, mais Elle ne m'en laissa pas le temps. À peine entrée, Elle dégrafa son soutien-gorge, retira sa petite culotte de dentelle rouge et s'agenouilla pour baisser mon pantalon.

Son souffle chaud contre mes cuisses, ses caresses, la frustration qu'Elle tâchait de me faire ressentir en détournant les lèvres au dernier moment ; ses gestes semblaient répétés, chorégraphiés, mais soumis à sa volonté par le va-et-vient de sa langue ; je me laissai faire sans poser de questions. Très vite gagné par l'excitation, je l'allongeai sur le lit et la pénétrai, persuadé que l'union de nos corps rétablirait celle de nos cœurs. Quand Elle gémit de plaisir dans le creux de mon oreille, je fus projeté dans le passé. Nous revoyant quatre ans plus tôt, naïfs et innocents, je lui fis l'amour comme pour la première fois – lentement, timidement, amoureusement. Redécouvrant son corps, je m'abandonnai à la chaleur de sa chair, tandis que ses dents mordillaient mon cou, mes épaules, mes bras. Guidé par les frissons dont Elle était parcourue, je jouis dans un râle où se mêlaient soulagement et plénitude.

J'aurais voulu rester en Elle encore un moment, mais Elle se libéra de mon étreinte et me demanda de me rhabiller. Surpris, je tentai de me redresser, mais j'en étais incapable. Ma tête tournait, mon cœur s'emballait, et, me sentant partir, je fermai les yeux comme pour me protéger. Je les rouvris une minute plus tard et découvris une autre chambre. Le lit sur lequel nous venions de faire l'amour était souillé et le matelas recouvert de traces de lubrifiants séchés. Il régnait une odeur moite de transpiration et de semence, puis il y avait cette musique qui me cassait les tympans. Pris de panique, je la cherchai du regard pour qu'Elle m'explique, me rassure, mais Elle n'était plus là. Une femme brune, ronde et vulgaire l'avait remplacée. Qui, visiblement pressée, me demanda de me dépêcher. Il était 5 heures, son « service » était terminé.

Déboussolé, je sortis dans la rue débraillé, en quête d'une cigarette pour me calmer, lorsqu'une main se posa sur mon épaule. « Eh ben, dit Victor entre deux éclats de rire, pour quelqu'un qui voulait aller se coucher ! Ton but était de baiser celle qui lui ressemble le moins ? »

Long métrage

SCÈNE 3 – TROTTOIR – EXT. JOUR

Pour notre troisième scène, nous allons voir nos héros se rater. Se rater de peu, à plusieurs reprises, et dans une foule d'endroits différents. Ce serait une scène muette, aucune parole ne serait échangée, il y aurait seulement de la musique. Laquelle ? Je ne sais pas. Peut-être une mélodie sombre, quelques accords plaqués sur un piano, une descente de gamme à la guitare, une ou deux mesures de violon, et un rythme un rien jazzy à la batterie.

On tournerait le premier plan dans un café. La caméra filmerait les serveurs qui se faufilent entre les tables, le patron qui passe ses nerfs sur sa caisse enregistreuse, le match de football diffusé sur la télé perchée au-dessus du bar, les clients installés en salle, puis la terrasse où est assise notre actrice principale. On la verrait éteindre sa cigarette, régler son addition, puis gagner le coin de la rue. Au moment où elle sortirait du champ, notre héros y ferait irruption. Il se fraierait un chemin entre les passants, puis viendrait s'installer à la seule table libre, celle qu'elle vient de quitter.

Un lieu, une ambiance, une rencontre manquée, les plans suivants respecteraient le même schéma. Ils se succéderaient de plus en plus vite, et nous passerions d'une gare à un aéroport, d'un restaurant à un salon de coiffure, d'un cinéma à un cabinet médical, puis d'une boulangerie à un petit tabac de quartier. On la verrait se lever d'un fauteuil avant qu'il ne s'y assoie, monter dans un train dont il vient de descendre, récupérer ses bagages pendant qu'il dépose les siens, puis sortir d'un magasin avant qu'il n'y entre. Pour donner une idée du temps qui s'écoule, chaque plan se déroulerait à une saison différente. Dans certains il y aurait de la pluie, dans d'autres de la neige, il ferait beau, puis mauvais, chaud, puis terriblement froid. Nos acteurs seraient seuls, avec des amis, en couple. Ils se louperaient une fois, deux fois, dix fois, puis l'écran deviendrait noir.

Après quelques secondes de silence, le bruit strident d'une rame de métro qui s'arrête. On les verrait en descendre, et sortir d'un côté et de l'autre de la station. Dans la rue, ils prendraient deux chemins différents. On les suivrait par intermittence, nous fixant d'abord sur elle et sa marche rapide, puis sur lui et son pas lent. Partis dans deux directions opposées, ils se retrouveraient une minute plus tard devant le même immeuble, celui de la fac de droit où ils vont – enfin – se rencontrer.

« Pas » & « Plus »

C'est un baiser, un câlin, une caresse, une main qui prend la nôtre, des doigts qui se perdent dans nos cheveux, et des bras qui nous enlacent sans prévenir, naturellement. Amoureusement.

C'est un regard, un sourire malicieux, un clin d'œil complice, un hochement de tête entendu, une mimique discrète, un geste, un mouvement, un frisson, un signe. Un signe que les autres ne peuvent déchiffrer. Un signe que nous seuls parvenons à comprendre.

C'est un mot prononcé à voix basse, un éclat de rire étouffé, un surnom chuchoté, une petite phrase susurrée timidement, une expression, un aveu, une confidence que l'on est le seul à pouvoir entendre, et une conversation échangée dans un langage qui nous est propre.

C'est une promenade silencieuse, une balade inutile, une soirée reclus, un voyage immobile, une nuit en autarcie, une errance heureuse, une virée pour être à deux, une fuite, une course, une excursion, un week-end en tête à tête à la campagne.

C'est quelque chose que l'on attend, que l'on espère. Une attention dont on rêve, et pour laquelle on donnerait tout.

C'est quelque chose qui nous surprend, qui nous étonne. Une attention inattendue et spontanée.

C'est un petit rien qui nous emplit de joie. Qui fait battre notre cœur et sourire nos lèvres. Un petit rien qui justifie l'existence et donne une raison à ce grand Tout.

C'est un petit rien qui devient machinal, automatique. Auquel on s'habitue et dont on boude le plaisir qu'il procure. Qu'on finit par ne plus remarquer et dont on oublie la signification.

C'est un petit rien qu'on regrette et dont on se souvient trop tard, car ce petit rien, s'il n'y en a pas, c'est qu'il n'y en aura plus.

Un dimanche à la campagne

Peut-être est-ce lors de ce dimanche en Normandie que tout a basculé. Lors de ce dimanche pluvieux d'automne où nous n'avions rien de mieux à faire que de regarder le temps passer.

Nous nous étions pourtant réveillés la tête pleine de projets. Un aller-retour rapide au marché, une balade à vélo dans les champs, puis une promenade en forêt pour aller ramasser des châtaignes. Les rideaux de notre chambre étaient fermés et, encore dans un demi-sommeil, nous avions eu l'impression qu'il faisait beau. La fumée de nos cigarettes dessinait le contour d'un trait de lumière froide qui s'était frayé un chemin jusqu'au lit, et nous en avions naïvement déduit que la journée serait belle. Quelle déception en ouvrant la fenêtre ! Ce que nous avions pris pour un rayon téméraire n'était en réalité que le reflet du spot extérieur resté allumé durant la nuit. Le ciel était chargé, le soleil absent, et la pluie s'abattait sur le jardin déjà détrempé. Non, il ne faisait pas beau et ce dimanche promettait d'être long.

Nous nous trouvions dans le salon lorsqu'il s'est enfin arrêté de pleuvoir. Il devait être 17 heures, la nuit pointait le bout de son nez. Elle était assise sur le canapé, moi dans un fauteuil, au coin du feu qu'Elle avait insisté pour allumer. Incapable de me plonger dans le livre qui reposait sur mes genoux, je la regardais observer le jardin, les yeux grands ouverts et l'air bougon. Emmitouflée dans un vieux sweat à capuche trop grand pour Elle, on aurait dit une petite fille.

C'était souvent le cas à la campagne. Chaque fois que nous y étions, Elle redevenait une enfant. Elle tissait des colliers de fleurs ramassées dans l'herbe, traînait au lit jusqu'à ce que je lui apporte le petit déjeuner, restait des heures à buller allongée sur la pelouse, ou s'amusait à tisonner le feu pour voir les braises rougir puis devenir des flammes dont Elle s'écartait tel un chat apeuré. Isolée du monde extérieur et de ses soucis, Elle ne ressentait plus le besoin d'être la femme qu'on attendait qu'Elle soit et jouissait de plaisirs aussi simples qu'enfantins.

Oui, à la campagne, Elle ressemblait à une petite fille, et cet après-midi-là peut-être encore plus que d'habitude. Déçue de ne pas pouvoir aller dehors, Elle trompait l'ennui en jouant avec ses mèches de cheveux. Pensant que je ne la voyais pas, Elle les rabattait sur son visage, puis s'amusait à souffler dessus pour les regarder s'envoler. Attendri, j'étouffai un éclat de rire discret pour qu'Elle ne s'arrête pas, mais Elle se retourna. Gênée, Elle rit à son tour avant de venir m'embrasser. Elle avait beau jouer l'enfant, ses baisers étaient ceux d'une femme, et je tentai de la garder près de moi pour prolonger le moment. Mais, après m'avoir lancé un regard éteint, Elle se libéra et alla s'asseoir en tailleur devant la table basse. Plus tôt dans la journée, Elle y avait déposé deux trousses vertes gonflées de crayons et de feutres. Elle en ouvrit une, se saisit d'un marqueur rouge et commença à gribouiller sur une feuille qui traînait.

Elle dessinait souvent. Ni par goût ni par envie, mais par besoin. Besoin de souffler, de se poser, ou simplement de ne penser à rien. Elle dessinait quand Elle se posait des questions, était perdue ou s'ennuyait, pour imiter sa mère, artiste-peintre, et avoir l'impression d'être près d'elle. À plusieurs reprises déjà, je l'avais trouvée chez Elle assise à la table de la salle à manger, les cheveux noués autour d'un crayon, les mains peinturlurées, et un monceau de feuilles chiffonnées à ses pieds. N'osant la déranger, j'allais alors patienter au salon ou dans sa chambre, prenais un livre, et attendais qu'Elle ait fini.

Les dessins qu'Elle m'offrait de temps à autre n'étaient pas spécialement beaux ou réussis, mais mon amour leur donnait une dimension inégalable, car Elle y laissait toujours une petite part d'Elle-même. Qu'il s'agisse d'un mot dissimulé au milieu d'une centaine d'autres, d'un regard griffonné dans un coin ou d'un symbole qu'Elle seule pouvait comprendre, chaque croquis cachait un signe.

Que va-t-Elle dessiner aujourd'hui ? Un jardin noyé sous la pluie ? Un couple allongé dans l'herbe ? Une goutte, rien qu'une goutte dans laquelle Elle écrira quelque chose ? Je n'en avais pas la moindre idée et l'observais du coin de l'œil tandis qu'Elle coloriait, penchée sur la table, comme en apnée. En me contorsionnant sur le fauteuil, j'aperçus un fond jaune, quelques mots inscrits à la va-vite, et l'ébauche d'une forme rouge dont Elle repassait le contour avec une intense précision.

Avant que j'aie pu distinguer ce qu'Elle avait représenté, Elle fit mine de se lever mais se rassit précipitamment pour attraper un stylo noir dont Elle retira rageusement le capuchon avec ses dents. Une idée venait de surgir et il lui fallait la coucher sur le papier. Elle commença à tracer un symbole au milieu de la forme qui occupait le centre de la feuille, lentement, très lentement, puis de plus en plus vite. Le geste avait quelque chose de violent, mais Elle ne semblait pas s'en rendre compte et continuait de s'acharner sur ce symbole que je ne pouvais voir. Lorsqu'Elle posa le stylo, Elle n'eut pas un regard pour son dessin, et me le tendit l'air désolé. C'était un cœur rouge, un gros cœur rouge au milieu duquel un point d'interrogation était gravé.

Savait-Elle ce que cela signifiait ou l'a-t-Elle, comme moi, compris plus tard ? Je l'ignore, mais peut-être est-ce là que tout a commencé. Ou plutôt, que tout s'est arrêté.

Et s'il avait fait beau ce dimanche-là…

« À quoi tu penses ? »

« À quoi tu penses ?

— Au nombre incalculable de fois où Elle m'a posé cette question. »

Je me revois, la tête allongée sur ses genoux, bercé par les allées et venues de sa main dans mes cheveux. Silencieux. Sombre. L'esprit ailleurs, toujours ailleurs. Perdu dans le labyrinthe nourri des espoirs brisés de ceux qui s'y retrouvent emprisonnés. Loin. Si loin. Errant à travers une nuit froide. Vagabond à la recherche de lumière. Déprimé.

« À quoi tu penses ?

— Au temps qu'il m'arrivait de prendre pour répondre à cette satanée question. »

Je me revois, assis dans sa chambre, les yeux dans le vide et l'âme écorchée. Songeur. Hésitant. L'esprit faussement absent. Confronté à un dilemme. Taire ma souffrance, ou lui parler de ce que je lui reproche et lui asséner l'un de ces coups qui ne blesse que celui qui les porte. Soldat touché à la recherche de réponse. Malheureux.

« À quoi tu penses ?

— Je pense que je suis vraiment très con d'avoir attendu qu'Elle me quitte pour comprendre qu'Elle suffisait à mon bonheur. »

On baise ou on parle ?

1

Ça n'ennuyait pas Anastasia que je veuille parler. En tout cas, elle ne s'en est jamais plainte. Aurait-elle préféré qu'on baise ? La première fois, c'est l'impression qu'elle m'a donnée. En même temps, je la payais pour.

Les photos postées sur son site ne lui rendaient pas justice, je le lui ai dit, elle a compris que je la trouvais moins bien. Ça m'a fait rire, pas elle. Enfin, ça a eu le mérite de nous faire parler, de Me faire parler. Elle, elle n'avait rien besoin de dire. Sa peau mate, ses fesses dorées, ses seins rebondis et ses reins courbés au bon endroit valaient tous les discours. Je lui donnais vingt-cinq ans, elle pouvait donc en avoir vingt ou trente. Est-ce qu'elle faisait « ça » depuis longtemps ? Pas la moindre idée. D'ailleurs « ça », c'était quoi ? Un travail à temps plein, un hobby, un petit boulot pour payer ses études ? Je ne lui ai rien demandé. À quoi bon ? Elle ne m'aurait pas dit la vérité.

« La salle de bains ? C'est par là ?

— Oui, juste à gauche. »

Anastasia ou la fille parfaite. Je n'avais pas à lui mentir, pas à la séduire, même pas à lui plaire. Non, je n'avais qu'à jouer à l'homme. Trop pauvre émotionnellement pour une fille gratuite, je m'étais persuadé que tout serait plus facile avec une femme payante. Ça ne l'était pas. Le problème ne venait pas d'elle, mais de moi.

« Tu comptes rester habillé ?

— Non, non. Je…

— Ça t'exciterait que je me caresse ? »

Ça ne sert à rien. Elle peut tout essayer, ça ne marchera pas. D'ailleurs, plus elle essaie, moins ça marche. Dire qu'il y a quelques mois, je lui aurais sauté dessus… Mais qu'est-ce qu'il m'arrive, putain ?

« Je ne te plais pas, c'est ça ? »

Si tu me plais, tu ne peux pas savoir à quel point, mais je ne peux pas. Non, je ne peux pas.

« Si, bien sûr que si.

— Alors qu'est-ce que t'attends ? Tu me paies à l'heure, tu sais ?

— Je sais, Anastasia. Je… C'est ton vrai prénom ?

— Bon, on baise ou on parle ?

— On parle… »

Elle & Lui

LE TÉLÉPHONE PLEURE

« Mais comment ça s'est passé ? Vous vous êtes dit au revoir ? Vous vous êtes fait la bise ? Il a pleuré ? Il est parti en courant ? Fâché ? Il a essayé de te retenir ? De te rattraper ?

— Je... je sais pas, Diane. Je sais pas.

— Enfin, Cachou, tu y étais...

— Je... je lui ai annoncé par téléphone.

— T'es pas sérieuse ? Par téléphone ? T'as quand même pas fait ça ?

— Mais c'est ce qu'il voulait. Il... il me l'avait demandé.

— Il t'a demandé de le quitter par téléphone ?

— Il m'a demandé de ne pas le faire en face. Je... je n'ai fait que ce qu'il voulait.

— Putain, Cachou...

— Diane, je voulais seulement lui faciliter les choses. Je voulais… je voulais être… être douce, gentille. »

« Douce », « gentille », ces mots lui paraissaient terriblement mal choisis, pourtant, c'étaient les bons. Le téléphone, c'était son idée à Lui, pas la sienne. Si Elle s'était écoutée, Elle aurait pris son courage à deux mains et lui aurait annoncé la vérité en face. Après tout, elle l'avait voulu et était prête à l'assumer. Tant pis si le voir partir en pleurant serait insupportable. Mais il ne voulait pas qu'Elle le lui annonce de vive voix. Non, il n'aurait pas pu accepter de la voir sans pouvoir l'embrasser. Alors Elle s'était pliée à ses exigences, parce qu'Elle voulait être… douce, gentille.

« Non, mais tu te rends compte, Diane ? Par téléphone !

— Elle m'a dit que c'était ce que tu voulais.

— C'est ce que je lui avais demandé, pas ce que je voulais.

— C'est pareil…

— Non. Je lui avais demandé ça pour lui faciliter la tâche, pour… pour être gentil. Mais évidemment que j'aurais préféré qu'elle me regarde en face. Ça aurait peut-être tout changé. »

« T'es sûre que tu voulais être gentille ? Tu crois pas que c'est parce que t'avais pas le courage de lui annoncer en direct ?

— T'es sérieuse ? Évidemment que c'était pour être gentille !

— Donc tu aurais été capable de le lui avouer en le regardant dans les yeux ?

— Oui. Enfin je… je crois.

— Ça aurait peut-être tout changé, non ? »

Diane avait touché une corde sensible. Aurait-Elle réussi à le lui dire en le regardant dans les yeux ? À le lui dire, probablement, mais à l'assumer, Elle n'en était pas certaine. S'il avait accepté son choix sans broncher, Elle lui aurait tourné le dos et serait remontée chez Elle. Mais s'il s'était mis à pleurer ou à la supplier, Elle n'aurait pu rester sans rien faire. Elle l'aimait encore. Différemment peut-être, mais Elle l'aimait et aurait voulu le consoler. Elle lui aurait demandé de ne pas pleurer, lui aurait murmuré que tout s'arrangerait, qu'il l'oublierait, mais impossible d'être bourreau et sauveur, alors Elle serait revenue sur son choix. Non, non, non, ça n'aurait rien changé. Rien changé du tout. À moins que…

« Et tu lui as dit comment ? "Allô, je te quitte" ?

— Sois pas bête, Diane…

— Raconte alors.

— On s'est parlé normalement pendant un moment, puis il a fini par demander si je voulais le quitter.

— Et ?

— Et j'ai dit oui.

— Donc en fait, tu ne l'as pas quitté.

— Quoi ?

— Tu ne l'as pas quitté. Tu ne lui as pas dit que tu voulais rompre. C'est lui qui t'a posé la question.

— Mais parce que ça allait mal et qu'il savait que j'avais des doutes.

— Oui, enfin, tu ne l'as pas quitté.

— Qu'est-ce que ça change, qu'il m'ait posé la question ?

— C'est justement ce que je te demande. »

« Marrant, quand on y pense…

— Quoi ?

— Rien. Laisse tomber, Diane.

— Dis-moi.

— Elle t'a déjà raconté comment je lui ai dit que je l'aimais la première fois ?

— Devant sa porte ?

— Non. Devant sa porte, je lui ai dit que j'étais amoureux, pas que je l'aimais.

— Alors, non.

— Nous étions sur son lit. Ça faisait deux mois qu'on était ensemble, et Elle m'a demandé si je l'aimais… avant de se cacher sous la couette.

— C'est mignon.

— Non, marrant.

— Pourquoi ?

— Parce que notre histoire a commencé avec Elle me demandant si je l'aime, et se termine avec moi lui demandant si Elle veut me quitter. »

Ascenseur pour l'échafaud

Nous ne l'avions pas imaginé ainsi. En tout cas, moi, ce n'est pas de cette façon que j'avais envisagé les choses. Nous en avions parlé bien sûr – qui ne le fait pas ? Pas beaucoup, juste un peu, pendant nos moments de doute ou à l'inverse, par jeu, lorsque tout allait bien, justement pour nous prouver à quel point nous nous aimions. Elle disait que ce serait terriblement difficile, j'étais d'accord mais je tentais de lui faire croire qu'une semaine suffirait à m'en remettre. Peut-être essayais-je de m'en persuader, peut-être voulais-je lui faire comprendre que je ne l'empêcherais pas de partir.

Je lui pariais que la rupture viendrait d'Elle. Elle était persuadée du contraire.

« *Tu finiras par réaliser que ce n'est pas moi, qu'il y a mieux, que tu t'es trompé. Tu verras…* »

Elle avait tort. Tort sur toute la ligne. Et c'était peut-être mieux d'ailleurs, car à vrai dire, je ne sais pas si j'aurais préféré me tromper. Qu'oublie-t-on le plus vite ? Le coup que l'on donne, ou celui qu'on reçoit ? La personne à qui l'on ôte la vie, ou celle qui nous donne la mort ?

« Tu verras, ça viendra de toi. Moi, je ne pourrai jamais te faire ça… »

Ah oui, vraiment ? Elle le croyait peut-être à l'époque. Oui, Elle l'a probablement cru un temps, juste un temps, avant de prendre conscience que notre rupture pourrait se passer différemment, et qu'Elle ne serait pas obligée de me quitter de la façon dont Elle s'était imaginé devoir le faire.

Pour le comprendre, il lui a fallu un moment. Lorsqu'on a imaginé quelque chose, on finit par être persuadé que cela arrivera. Le scénario fabriqué devient une réalité à venir. Une réalité à laquelle on ne pourra échapper.

Son scénario, il ne donnait franchement pas envie. Ni à Elle, ni à moi. Elle avait imaginé me quitter sur le pas de son immeuble, puis qu'Elle me regarderait regagner mon scooter en pleurant. Ses yeux étaient si tristes quand Elle en parlait… Elle vivait déjà la scène.

« Moi, je ne pourrai jamais te faire ça, je ne supporterais pas de te voir partir en pleurant. J'en mourrais… »

Eh oui, mieux vaut avoir le cœur solide pour en détruire un autre. Solide justement, le mien ne l'était pas assez pour imaginer le scénario d'une rupture dont je serais l'instigateur. Mais peut-être était-ce dû au fait que je savais que cela n'arriverait jamais.

« J'en mourrais, rien que d'y penser, ça me… Oh, viens là, mon chéri. »

Me voir pleurer était sa hantise. Mais que redoutait-elle vraiment ? Ma souffrance, ou le fait qu'Elle en soit responsable ? Je l'ignore, mais qu'importe puisque cela ne s'est pas déroulé comme Elle l'avait imaginé. Enfin, pas tout à fait.

« Tu verras, ça viendra de toi. Moi, je ne pourrai jamais te faire ça… »

Lorsque c'est arrivé, j'avais oublié qu'Elle m'avait dit ça. Si je m'en étais souvenu, je le lui aurais rappelé. J'en aurais parlé quand nous étions dans le salon et que nous ne savions quoi nous dire, ou dans l'ascenseur, tiens. Ah, ce trajet dans l'ascenseur… Impossible de l'oublier. Nous avons ri, je ne sais plus pourquoi, mais nous avons ri, et c'est à ce moment que j'ai compris pourquoi on prétend que l'humour est la politesse du désespoir. Ce trajet en ascenseur est aussi le moment où Elle a dit « Nous » pour la dernière fois.

Une fois dans la rue, nous avons échangé quelques mots avant de nous embrasser. Là aussi c'était la dernière fois ; malheureusement, nous l'ignorions. En tout cas, moi, je l'ignorais. J'ai marché jusqu'à mon scooter, puis avancé jusqu'au feu, où j'ai attendu un regard jamais venu. Elle a traversé devant moi, les yeux rivés sur son téléphone, peut-être déjà plongée dans ce qu'allait bientôt devenir sa vie. Sa vie sans « Nous ».

« Tu verras, ça viendra de toi. Moi, je ne pourrai jamais te faire ça… »

Eh bien, je n'ai pas vu, et toi, tu ne m'as pas regardé.

Ce sera

Ce sera dans une station de ski, sur une plage déserte, à la campagne, ou dans une grande métropole. Elle sera en vacances, en retard pour un rendez-vous de travail – lequel fera-t-elle d'ailleurs ? – ou à la recherche du restaurant où Elle est attendue. Elle sera simplement de passage, séjournera ici avant de repartir, ou sera installée dans cette ville, près de ce lagon paradisiaque, voire dans l'un de ces petits chalets confortables et douillets qui surplombent la vallée.

Elle regardera l'océan Indien, allongée sur une chaise longue ; contemplera les montagnes, immenses et divines, de la fenêtre embuée des télécabines ; ou jettera un coup d'œil désabusé à la ville qui lui avait tant promis, de son bureau, au soixantième étage d'une tour délabrée.

Elle portera un bikini rouge, noir ou vert – elle n'aimait pas cette couleur à l'époque –, une combinaison de ski bleu marine ou un tailleur rose pâle et un chemisier en soie. À moins qu'Elle ne porte toujours des jeans. Des jeans slims, très slims. Elle en avait des dizaines, de toutes les couleurs, taille américaine zéro. Ces jeans, tiens, rentrera-t-elle toujours dedans ? Aura-t-elle grossi ? Doublé de volume ?

Elle aura chaud, cela ne la dérangera pas. Elle aura froid, très froid. Elle est terriblement frileuse. Trop occupée à penser à autre chose, Elle ne se rendra pas compte qu'il pleut, et marchera, la tête dans les nuages.

Pensera-t-elle toujours autant ?

On baise ou on parle ?

2

« On baise ou on parle ?

— On parle.

— OK… Je vois que tu vas de mieux en mieux… T'as toujours envie de te foutre par la fenêtre ?

— Non. Enfin, c'est surtout que je ne peux pas mourir.

— Tu ne peux pas mourir ?

— Non, pour mourir, il faut être vivant, Anastasia.

— Parce que t'es pas vivant peut-être ?

— Non.

— T'es pas mal pour un cadavre…

— Tu dis ça à tous tes clients.

— La plupart de mes clients sont vivants.

— Ouais, enfin, pas mal ou pas, les choses sont ce qu'elles sont. Tu sais, j'étais qui j'étais à cause d'elle, grâce à elle. Je… je suis né avec elle, tu comprends ? Mes idées, mes goûts, mes principes, mes valeurs, ma vision du monde, mon rapport aux gens, à l'amitié, à l'amour, au sexe et même à la famille, tout vient d'elle. Enfin d'elle… tout vient de moi bien sûr, mais de moi avec elle.

— Et avant elle ? T'existais, non ?

— J'étais jeune.

— C'est vrai que t'es un vieillard…

— Tu sais, ce ne sont pas les années qu'on prend qui font vieillir mais les blessures et les cicatrices que te laissent les gens que tu aimes.

— Mais tu vas changer. Et moi aussi, d'ailleurs.

— T'as déjà aimé ?

— Pas vraiment.

— Alors tu changeras, moi je ne ferai qu'évoluer, grandir et mûrir un peu, rien de plus. Ce que tu dois comprendre, c'est qu'elle et moi on était à la croisée des chemins.

— À la croisée des chemins ?

— Oui. Quand on s'est rencontrés, nous n'étions pas encore vraiment nous-mêmes. C'est pendant notre histoire qu'on s'est découverts. Avec elle, tout a changé. Tout. Je suis devenu quelqu'un d'autre. Je… je suis devenu un homme et on ne devient homme qu'une seule fois.

— Et cet homme, tu ne peux pas le rester ?

— Non, car cet homme, Anastasia, voilà déjà un moment qu'il n'a plus de raison d'être. »

Voyage au bout de cette nuit

Je n'attends plus qu'une seule chose, la nuit. Oui, j'attends, impatient, que le soleil se couche et que l'obscurité engloutisse la ville. Tout est plus beau la nuit. Non, à vrai dire, tout est moins moche. Moins vrai. Depuis qu'Elle m'a quitté, je ne vis plus que pour la nuit, cette terrible maîtresse, cette infâme salope, cette putain malade, dans les bras de qui je me jette, croyant à tort que le sourire qu'elle m'adresse signifie que je n'aurai pas à m'acquitter du prix que les autres doivent payer.

Peut-être est-ce parce que la nuit, Elle, elle ne vit pas. Elle dort. Comme vous. Comme moi, avant.

Ah ! Qu'elles me paraissent loin ces nuits passées à dormir d'un sommeil que ne venait troubler le moindre rêve. C'était il y a longtemps, si longtemps… À l'époque où ma vie comptait autant de jours que de nuits. Aujourd'hui, des nuits, il n'y en a plus qu'une. Une longue nuit qui ne se termine jamais. Noire et glaciale, elle reprend chaque soir, là où, la veille, l'aube l'a contrainte à s'arrêter. Chaque fois plus sombre et plus froide. Chaque fois plus triste, plus solitaire. Pesante, si pesante, mais tellement plus légère que le jour.

Le jour, tiens, depuis combien de temps n'ai-je pas croisé son chemin ? Longtemps. Mais peut-il en être autrement ? Non, impossible. Il serait trop pénible de le voir, le jour. Pourquoi ? Parce que le jour, Elle vit. Comme vous. Comme moi, avant. Elle se balade dans la rue, voyage, prend le métro et s'assied à la terrasse des cafés. Elle existe, tout simplement. Elle existe et il m'est insupportable de savoir qu'elle est là, à dix, cent ou mille kilomètres ; qu'elle respire, marche, mange, boit et parle ; qu'elle aime, adore, hait et déteste ; qu'elle s'amuse, rit, pleure et s'ennuie. Oui, il m'est insupportable de savoir qu'elle vit sans moi. Alors je cherche à oublier, mais le jour et sa lumière m'en empêchent. M'éblouissant, l'aube révèle la moindre émotion, le regret le plus enfoui, le sentiment le mieux dissimulé. Sadique, elle m'aveugle, puis éclaire le vide avec lequel Elle m'a laissé. Éclat d'obus au milieu d'un cœur naïf, puits que tentent en vain de combler le chagrin et le désespoir. Ivre de méchanceté, elle s'amuse à la faire apparaître à chaque coin de rue, sur le siège passager des voitures qui freinent pour me laisser passer, ou à l'arrière des taxis qui s'arrêtent sous mes fenêtres. Les larmes qui coulent sur mes joues sont autant de médailles qu'elle épingle fièrement à sa poitrine pour asseoir sa victoire et m'interdire d'oublier que, si Elle vit sans moi, je ne connaîtrai que des jours avec son souvenir.

Je ne peux le supporter, alors je tire les rideaux et, terré dans la pénombre, j'attends de pouvoir reprendre mon voyage au bout de cette nuit sans fin, en me demandant s'il ne serait pas mieux de n'être ni avec, ni sans Elle.

Elle(s)

PORTRAIT DE FEMME

C'était à Drouot, quelques semaines après être rentré d'Amsterdam. Bêtement persuadé que mon absence changerait quelque chose, j'avais accusé le coup en réalisant que personne n'attendait mon retour. Là ou pas, désormais, cela n'avait plus d'importance. Cloîtré chez moi, je trouvais le temps long et sombrais peu à peu dans une léthargie qui me faisait honte. Incapable d'en profiter, je regardais la vie passer derrière mes fenêtres. Les gens allaient travailler, les commerçants ouvraient leurs boutiques, les passants s'arrêtaient aux cafés, on allait à des concerts, au bistrot, au théâtre, au cinéma, au restaurant… On vivait, et j'avais envie d'en faire autant mais la peur me paralysait. Terrifié à l'idée de

La croiser, je me condamnais à un ermitage forcé. Cette réclusion inquiétait mes proches, qui ne la comprenaient pas et cherchaient tous les moyens d'y mettre un terme. Visites surprises, coups de téléphone, invitations, ils débordaient d'idées et multipliaient les efforts pour m'extirper de mon trou, mais les activités proposées étaient trop risquées. Qui sait si Elle ne serait pas dans le bar où Victor voulait que nous nous retrouvions, dans le cinéma où Thomas me demandait de le rejoindre, dans le métro qui me conduirait chez Chris ? La croyant partout, je n'allais nulle part. Après avoir abusé de toutes les excuses possibles, j'avouai la vérité à Antoine qui, plus insistant, continuait de m'appeler. Certain qu'il me lâcherait la bride, je lui fis une liste des endroits proscrits, mais il en fallait plus pour le décourager.

« Je comprends très bien, me dit-il. Mais viens déjeuner avec moi à Drouot. Là-bas, aucun de risque de la croiser, non ? »

Aucun risque, pas sûr, mais, touché, j'acceptai sa proposition et me mis en chemin. Le sourire qu'il afficha en me voyant devant le restaurant m'empêcha de regretter ma décision. Il était heureux de me voir, et moi de constater que ma présence pouvait encore susciter du plaisir.

Fier de son travail – il venait de se faire engager dans une étude de commissaires-priseurs et assistait l'après-midi même à sa première vente en tant que clerc –, Antoine passa le déjeuner à m'expliquer le déroulement d'une vente aux enchères. Son enthousiasme étant contagieux, je l'écoutais avec une attention sincère, mais j'étais surtout content qu'il ait l'intelligence de ne pas La mentionner. Absente de notre conversation, Elle l'était également de mes pensées. Nous n'étions jamais allés à Drouot ensemble, n'y possédions aucun souvenir, et pour la première fois depuis notre rupture, je me trouvais dans un lieu public sans l'imaginer y entrer, en sortir, ou seulement y passer. Mon imagination me laissait enfin en paix. Enhardi par cette sérénité – mais peut-être était-ce dû au pichet de vin rouge qu'Antoine m'avait laissé boire seul –, je décidai d'assister à sa vente. Comme elle n'avait pas lieu avant une demi-heure, j'en profitai pour aller me promener dans les salles d'expositions.

Ne sachant dans laquelle entrer, je choisis la plus bondée, certain que la foule avait une bonne raison de s'y être pressée. Le catalogue m'apprit qu'il s'agissait de l'entier mobilier d'un château du XVIIIe siècle, et je compris vite pourquoi il y avait autant de monde. Cabinets de curiosité, bureau Louis XIV, amphores romaines, vases Lalique, éditions originales dédicacées, toiles de maîtres, les lots exposés étaient de qualité, et je regrettai qu'Antoine, parti rejoindre ses confrères, ne soit là pour m'en parler.

J'avais à peine commencé mon tour que la foule se dispersa. Il était 14 heures, les ventes allaient démarrer. Déçu de ne pouvoir rester plus longtemps, je gagnais la sortie pour rejoindre mon camarade, quand un portrait accroché au fond de la salle attira mon regard. Trop loin pour en distinguer le sujet, je m'approchai, persuadé que j'avais déjà vu la personne représentée. Ses traits se dessinaient à mesure que j'avançais et j'aurais pu me dépêcher, mais, bizarrement inquiet, je marchai lentement, très lentement et mis plusieurs secondes à voir qu'il s'agissait d'une femme. Oui, c'était une femme, je la distinguais plus nettement à présent. Une femme dont les longs cheveux blonds aux reflets dorés illuminaient le visage fin et symétrique qui commençait à m'apparaître. Je le connaissais, ce visage. Cette peau diaphane, ces lèvres pulpeuses, ce sourire enfantin où se mêlent joie et mélancolie, ce regard habité, cette expression absente, et ce petit grain de beauté au bas du menton, c'était Elle.

Mon imagination me joue un mauvais tour, ou c'est un effet secondaire des champignons avalés le mois dernier. Devant le portrait, il n'y a plus de doute possible. C'est bien Elle. J'ai beau cligner des yeux et me pincer, Elle reste face à moi, calme, heureuse. Et me sourit, comme lorsque nous étions ensemble. Je suis tenté de lui répondre, quand, soudain, je me souviens qu'Elle m'a quitté.

« Pourquoi me souris-tu ? dis-je alors. Pourquoi ? Tu te moques ? Ça t'amuse ? »

Mais Elle ne se moque pas, non, Elle cherche à m'apaiser, et je sens son regard caresser doucement mon visage et essuyer les larmes qui commencent à couler. Subitement projeté dans le passé, je me retrouve allongé sur son lit, la tête appuyée sur ses genoux. Elle passe sa main dans mes cheveux, sur ma nuque, puis sur mon front, et mes angoisses s'évanouissent une à une. Je n'ai plus peur, ni de l'avenir, ni de la solitude, car Elle est à mes côtés, près de moi. En moi. J'entends sa voix fredonner un air familier ; sens son parfum, discret, frais, féminin ; touche sa main, douce, délicate, fragile ; et ose enfin rouvrir les yeux. Elle n'a pas bougé, Elle est toujours là, souriante, émue, amoureuse, et sa vie se met à défiler en arrière-plan.

Je la vois enfant, déguisée en coquelicot pour le spectacle de fin d'année de sa classe de maternelle ; adolescente, timide et rêveuse, assise dans une petite salle d'étude triste ; puis jeune femme, en train de marcher, de danser, de vivre. Elle a l'air confiante, sûre d'elle-même, rayonne et illumine les rues que je la vois traverser, les pièces dans lesquelles Elle entre, et le visage de ceux qui croisent sa route. Déesse de la joie, Elle répand le bonheur, et touché par sa grâce, je suis heureux. Heureux comme jamais. Heureux comme avant. Mes yeux le lui disent, et les siens, soudainement désolés, demandent pardon.

« Je te pardonne, mon ange. Je te pardonne tout. Toi aussi, pardonne-moi, je t'en prie. Je suis désolé, pardonne-moi. »

Ses larmes sèchent et son regard s'émerveille. Elle est apaisée, comme moi, et s'éloigne lentement. Mais je ne veux pas qu'Elle s'en aille, pas déjà. Nous venons à peine de nous retrouver, j'ai tant de choses à lui demander. Alors je tente de la retenir, tends le bras pour l'attraper… mais au moment où je l'effleure, on tape sur mon épaule.

« Mais qu'est-ce que tu fais ? s'écrie Antoine.

— J'arrive, j'arrive, une seconde.

— T'arrives où ? La vente est terminée. Je te cherche depuis des…

— Terminée ? Ah… Je… je suis désolé, pardonne-moi. »

Long métrage

SCÈNE 4 – COUR – EXT. NUIT

La quatrième scène de notre long métrage se déroulerait un an après l'arrivée à la fac. Nos héros se voient tous les jours, partagent une histoire commune, et il leur arrive même de déjeuner ensemble. Bref, ils sont amis. Pour le faire comprendre au spectateur, la scène s'ouvre là où s'est arrêtée la précédente, devant l'université, un matin ensoleillé de septembre. Nous les verrions passer sous le porche, traverser la cour, gravir les trois marches qui mènent à l'entrée, puis prendre place dans l'amphithéâtre.

Se faufilant entre les rangs, la caméra nous présenterait l'assemblée, puis zoomerait sur l'estrade où vient de grimper le doyen. Ce dernier se lancerait dans un discours interminable, qu'il conclurait en souhaitant « à toutes et à tous, une très bonne première année ».

À cet instant, les choses s'accéléreraient. On les verrait sortir fumer une cigarette, assister à des cours, nouer des liens avec les autres étudiants, réviser leurs partiels, passer un oral, sortir d'un restaurant, se rendre au gala de la fac, se croiser dans les couloirs, à la machine à café, à la bibliothèque, puis dans le métro, qu'il leur arrive de prendre ensemble. À l'écran, les plans et les saisons se succéderaient de plus en plus vite, puis brusquement, tout s'arrêterait.

Projetés au beau milieu de l'automne, nous nous retrouverions dans la cour déserte de l'université, un vendredi soir de novembre. Dans un silence total, deux étudiants de deuxième année y feraient irruption. Le premier, un grand brun emmitouflé dans un pardessus, ferait le tour du préau, tandis que le deuxième, notre personnage principal, s'installerait sur les marches. Rejoint par son camarade, on l'entendrait se plaindre des examens du lendemain et tenter de se rassurer en expliquant qu'avec un peu de chance ils tomberont sur l'un des rares sujets qu'ils ont préparés.

Installée en contrebas, la caméra les filmerait tandis qu'ils relisent leurs fiches, puis elle remonterait lentement vers la porte en arrière-plan. On verrait l'héroïne l'emprunter et s'arrêter en haut des marches pour allumer une cigarette. Plongés dans leurs révisions, les deux garçons ne s'en rendraient pas compte, et il faudra qu'elle vienne leur demander comment ils vont pour qu'ils la remarquent enfin. Elle s'assiérait près de lui, et nous les entendrions évoquer les rumeurs qui courent à la fac, l'allure un peu spéciale de tel ou tel professeur, puis le sujet qui les préoccupe tous les trois, les galops d'essai du lendemain matin.

Conscient d'avoir entamé ses révisions trop tard, le personnage principal s'enfermerait aussitôt dans le silence et essaierait de dissiper ses angoisses en contemplant la cour plongée dans l'obscurité. Constatant son air inquiet et son regard éteint, elle le consolerait en s'amusant à rabattre la capuche de son manteau sur son visage. Réveillé, il se lancerait à sa poursuite pour lui rendre la pareille. La caméra les suivrait à travers la cour, et nous les regarderions se chamailler en riant, avant de se laisser tomber sur les escaliers, essoufflés, un large sourire aux lèvres et les joues empourprées.

Elle s'assiérait ensuite devant lui puis s'adosserait contre ses genoux. Les yeux rivés sur ses longs cheveux blonds, le personnage principal revivrait, l'espace d'un instant, sa première année de fac. On diffuserait alors les mêmes flash-backs qu'au début de la scène, à la différence près que tout serait en noir et blanc, tout, sauf elle. Elle, elle apparaîtrait en couleur et crèverait l'écran. On pourrait aussi incorporer leurs déjeuners, une conversation chuchotée à la bibliothèque et un regard dans l'amphithéâtre par exemple.

Au moment où la caméra ramènerait le spectateur dans le présent, Elle se lèverait, embrasserait ses deux amis, puis gagnerait lentement la sortie. On la filmerait en train de s'éloigner, puis on reviendrait sur lui. L'air subjugué, il poserait la main sur l'épaule de son camarade et s'écrirait : « Xavier ! Je suis amoureux. »

Une balade sur les quais

Peut-être est-ce lors de cette balade sur les quais que tout a basculé. Lors de cette balade improvisée que nous nous étions cru obligés de faire.

Il faisait beau ce samedi-là. Après avoir passé une partie de l'après-midi confinés dans le salon, avachis devant un film, Elle avait proposé une promenade. Comme ça, pour prendre l'air, profiter de la douceur d'une journée volée à l'été, et puis parce qu'Elle se sentait coupable de rester cloîtrée par « un temps pareil ». Je n'avais pas spécialement envie de me mêler aux hordes de touristes qui fourmillaient dans le Quartier latin, mais Elle en avait besoin et je ne me sentais pas le courage de le lui refuser.

Marcher, Elle adorait ça. Malgré sa respiration fragile, Elle pouvait arpenter les rues pendant des heures sans jamais fatiguer. Depuis des années, Elle ne se déplaçait qu'à pied. Les rares fois où Elle était contrainte de prendre un taxi, un bus ou un métro, Elle s'arrangeait pour ne pas s'arrêter trop près de sa destination. La solitude des longues promenades dans Paris lui plaisait et rien ne devait venir la troubler. Elle éteignait son téléphone, oubliait volontairement ses cigarettes et tendait l'oreille pour percevoir le murmure de la ville. Elle écoutait les cris des enfants qui jouaient dans les squares, le crissement des pneus des voitures qui freinaient brutalement, les conversations qu'on tenait devant les stations de métro, et le claquement de ses pas sur le bitume.

La rue l'inspirait, l'apaisait, et tout était un prétexte pour s'y rendre. Il pleuvait ? Elle voulait entendre les gouttes s'abattre sur son manteau et les sentir fouetter son visage. Il neigeait ? Elle se ruait dehors pour enfoncer ses pieds dans la neige et admirer ses empreintes. Il y avait du vent ? Quel plaisir que celui de marcher, bercée par le bruit des feuilles qui se détachent des arbres, s'envolent, puis viennent s'échouer sur la chaussée ! Il allait faire nuit ? Ah ! Les lampadaires ne tarderaient pas à s'allumer, et Elle adorait les voir clignoter en grésillant avant de répandre leur lumière jaune sur la ville qui, partout, s'illumine timidement…

Elle avait toujours une bonne raison d'aller marcher. Les caprices des saisons, l'arrivée de la nuit, celle de l'aube, et enfin, son humeur. Triste, Elle s'enfonçait dans Paris et s'aventurait à la recherche d'un signe, d'une réponse, d'un chemin à suivre. Heureuse, Elle arpentait les parcs pour y croiser des gens partageant son bonheur. Les familles assises sur les bancs, les couples allongés dans l'herbe et les enfants accroupis dans le sable devenaient témoins de sa joie. Elle leur souriait comme à des amis. Fâchée, déçue, ou énervée, Elle faisait le tour d'un même pâté de maisons sans se rendre compte qu'Elle tournait en rond, pour oublier, accepter, ou se calmer.

Finalement, il n'y a que lorsque nous étions ensemble qu'Elle confiait au hasard le soin de la guider. Le hasard justement nous conduisit cet après-midi-là dans le dédale des petites rues de Saint-Germain-des-Prés. Comme je l'avais craint, il y avait une foule de touristes venus s'imprégner de l'ambiance du quartier, mais bizarrement, intimidés par notre rythme ou gênés par la fumée de nos cigarettes, ils s'écartaient sur notre passage, nous laissant avancer à bonne allure. Marchant sans but précis, nous nous arrêtâmes à plusieurs reprises. Dans une petite librairie, chez un disquaire, puis au comptoir d'un marchand de glaces ambulant. Nos cornets fondaient, nous en avions partout, et les passants, étouffant un rire ou se retournant carrément sur notre passage, nous observaient, amusés. En temps normal, nous aurions été gênés, vexés, voire fâchés, mais portés par la naïveté enfantine de cet après-midi, nous n'en avions que faire. Oui, nos visages étaient badigeonnés de glace rose bonbon, et alors ?

Sauvés par les mouchoirs qu'Elle gardait toujours dans son sac, nous descendîmes sur les quais, où la providence, dissimulée sous les traits d'une poubelle, finit de nous mettre de bonne humeur. Sans glace ni cigarette pour ouvrir la voie, il fallait jouer des coudes pour traverser la foule agglutinée près de la Seine. Mais je ne m'en plaignais pas, car pour se protéger, Elle marchait en se serrant contre moi. Son pas calqué sur le mien, Elle se rapprochait un peu plus chaque fois que nous croisions un groupe et j'avais l'impression que nous ne formions plus qu'un. Agrippée à mon bras, Elle me suivit jusque sous le Pont-Neuf où des musiciens répétaient à l'abri du soleil. Que jouaient-ils ? Du jazz ? Du blues ? De vieux standards de la variété française ? Je ne m'en souviens plus. Nous nous étions assis pour les écouter, mais je n'avais d'yeux que pour Elle et donc plus d'oreilles. Fascinée, Elle les regardait en fredonnant quelques paroles inventées sur le moment. S'abandonnant à leur musique, je la sentais s'éloigner seconde après seconde et gardais sa main dans la mienne, comme pour éviter qu'Elle ne s'enfuie. Je ne la lâchai qu'à la fin du concert improvisé, pour voir qui venait de pousser le cri strident entendu une seconde plus tôt. C'était un enfant, un petit garçon tombé de trottinette qui s'était blessé au genou. Lorsque je me retournai vers Elle, Elle avait disparu. La cherchant du regard, je l'aperçus quelques mètres plus loin, marchant seule. Seule alors que nous étions deux. L'espace d'un instant, Elle m'avait oublié. Elle Nous avait oubliés.

Je l'ai rattrapée rapidement, et après l'avoir prise par le bras, nous sommes rentrés sans dire un mot de ce qu'il venait de se passer. À quoi bon ? Elle ne s'en était sans doute pas rendu compte. Nous aurions pourtant dû, car c'est peut-être là que tout a commencé. Ou plutôt, que tout s'est arrêté.

Et si, ce jour-là, nous n'étions pas sortis ?

Ce sera

Ce sera dans une galerie, pour une énième rétrospective des photos de Mapplethorpe, de Man Ray – ou de JR, qui sera rentré au panthéon des artistes dont on affirme qu'ils ont une œuvre ; pour le salon organisé par l'un de ses proches ; ou pour une exposition plus importante encore : la sienne. Ce sera sa toute première, sa troisième, ou sa dernière. Devenir photographe : son rêve.

Elle sera déjà venue mille fois, mais se sera sentie obligée d'accompagner une amie, une relation de travail, ou un parent malheureusement absent le jour du vernissage. Elle aura déjà réfléchi au plan de la visite pendant l'installation, puis chez Elle, en boucle, la nuit, le matin, au réveil, et au coucher. Par inquiétude, ou pour vérifier que telle photo n'est pas trop éloignée de telle autre, que tel collage est assez éclairé, ou que tel cadre n'est pas trop sombre. Elle sera déjà venue mille fois, mais Elle aura besoin d'être là, cachée dans le public, pour voir la manière dont son art est accueilli, non par les critiques, la presse, ou ses proches, mais par les spectateurs lambda, les « vraies gens ». Ceux qu'Elle ne connaît pas, ceux qui sont objectifs, ceux qui ne lui doivent rien.

Elle attendra, impatiente et anxieuse, de voir s'ils sourient, s'émeuvent, ou s'énervent devant la bonne photo. Elle croisera les doigts, cherchera du bois à toucher, ou ne fera rien d'autre qu'attendre, attendre sans ne plus rien espérer.

Elle les aimait, ces gens. Elle leur voulait du bien. Elles seront pour eux, ces photos. Pour eux, pour leur histoire, pour leur chagrin. À moins que ce ne soit pour Elle, pour Elle et Elle seule. Pour se comprendre, et enfin, se trouver.

Ces gens, les aimera-t-elle encore, ou sera-t-elle devenue égoïste ?

Rhétorique du subconscient

ACTE III. LE GUETTEUR

« Dis-moi, t'aimerais pas te trouver quelqu'un ? Une petite nana avec qui t'amuser un peu…

— Je me doutais que tu finirais par aborder le sujet.

— T'as eu le temps de penser à la réponse alors.

— Pas besoin. C'est non.

— T'as pas envie de recommencer quelque chose ?

— Il n'y a rien à recommencer. Si je rencontrais quelqu'un, je commencerais une histoire, mais je ne recommencerais rien. De toute façon, je préfère être seul.

— C'est dommage, ça te ferait du bien pourtant.

— Ce n'est pas à moi que cela ferait du bien, mais à toi, aux autres. Tu serais rassuré, hein ? Tout le monde serait apaisé. Ça voudrait dire que je suis guéri, n'est-ce pas ? Mais il faut que tu comprennes que ce n'est pas parce que je suis seul que je suis malade.

— Non, mais peut-être est-ce parce que tu veux rester seul que tu souffres autant. Merde, depuis combien de temps t'as pas touché une fille ? Et Anastasia, qu'est-ce que t'attends pour la sauter ?

— Et qu'est-ce que ça changerait si j'avais une petite nana à baiser quand ça me chante ? Rien ! Ça ne changerait rien, si ce n'est que t'arrêterais de me considérer comme un putain de cancéreux.

— Je te vois plutôt comme un type plongé dans un coma artificiel. Un type un peu trop lâche pour se réveiller et affronter la vie.

— Un lâche, moi ? Non, mon vieux, le lâche c'est le mec qui fait miroiter des merveilles aux femmes qu'il rencontre dans l'unique but de se les taper le soir même. Le lâche, c'est le mec que tu voudrais que je devienne. Un putain de coureur !

— T'es con ou tu le fais exprès ? La seule chose que je souhaite c'est que t'acceptes enfin de vivre.

— Je ne refuse pas de vivre ! Je travaille, je sors, je vais au cinéma, au restaurant, je vois du monde, je vis, quoi.

— Merde mais c'est pas ça, vivre ! Vivre, c'est prendre des risques, tomber et se relever, aller vers l'inconnu, marcher à l'aveugle et sortir des sentiers battus plutôt que se promener jour après jour sur la même route. Toi, tu ne vis pas, tu survis. Qu'est-ce que tu crois ? Qu'Elle t'attend ? Elle ne t'attend pas, Elle vit, Elle.

— Qu'est-ce que t'en sais qu'Elle vit ?

— J'en sais que c'est une femme de vingt-cinq ans, qui plaît, qui est courageuse, et qui ne s'est pas arrêtée pour toi. Alors tu ne veux peut-être pas l'entendre, mais Elle est passée à autre chose. Elle a probablement un mec, et, si Elle est encore célibataire, laisse-moi te dire qu'Elle se fait sûrement sauter par quelqu'un, et c'est normal, c'est la vie. Alors ça t'emmerde de l'imaginer dans les bras d'un autre, mais penses-y. Elle est peut-être en train de se faire prendre en ce moment même. Tu la vois, là, à quatre pattes devant un type qui la baise mieux que tu ne l'as jamais baisée ? Qui la fait jouir plus fort que tu ne l'as jamais fait jouir ? Hein ? Tu devrais, ça te permettrait d'arrêter avec tes "ce sera..." parce que ce ne sera pas. C'EST, tu entends ? C'est Aurélien, Pierre, Paul ou Jacques qui l'aide à retrouver ses clefs dans le sac à main que tu lui as offert, qui dégrafe le soutif que vous avez acheté ensemble, qui s'amuse des petits mots qu'Elle invente, et qui dort là où tu pionçais. Elle et toi, ça ne s'écrit pas au futur mais au passé. Ta vie, en revanche, elle s'écrit maintenant, tout de suite, alors arrête de l'attendre.

— Mais je ne l'attends pas !

— Non, bien sûr que non, tu ne l'attends pas, Gatsby ! C'est pour ça que tu passes tes nuits posté à la fenêtre, à regarder tourner le phare de la tour Eiffel. D'ailleurs, pourquoi la tour Eiffel est-elle devenue ta lumière verte ? Parce que c'est la direction que tu prenais pour aller chez Elle ou parce qu'il te faut quelque chose à fixer ? Tu n'en sais rien, n'est-ce pas ? Tu ne sais pas non plus pourquoi tu imagines ce qu'Elle fait, hein ? Tiens, tu l'as vue où, hier soir ? Chez Elle, assise entre ses deux parents sur le canapé du salon, en train de regarder un film ? En boîte, avec ses copines, en train de danser comme Elle savait si bien le faire ? En train de jouer du piano dont il te semblait pouvoir entendre la mélodie résonner ? Non, tu ne l'imaginais pas. Bien sûr que non ! Et puis je parie que tu ne veux pas non plus qu'Elle revienne.

— Pas maintenant, en tout cas.

— Pardon, j'oubliais, tu es très occupé…

— Laisse tomber, tu peux pas comprendre. »

Tôt ou Tard

Je voudrais qu'Elle revienne pour retrouver cet appartement que j'aimais tant, ces amis qui m'ont oublié, ce restaurant où je ne peux plus mettre les pieds et ce café où l'on se donnait rendez-vous l'après-midi avant de partir nous promener sur les quais.

Mais il est trop tôt. Mes plaies saignent toujours. Il y a encore trop de douleur, trop de souffrance, trop de malheur.

Je voudrais qu'Elle revienne pour continuer à refaire le monde lovés sur son lit, pour la regarder préparer le dîner en dansant sur des chansons que je ne pouvais supporter, me coucher à ses côtés et m'endormir le cœur léger sachant qu'Elle serait là au réveil. Oui, je voudrais qu'Elle revienne pour pouvoir reprendre nos habitudes et faire ce que nous n'avons pas eu le temps de faire.

Mais la vie s'est déjà mise en travers. Nous sommes devenus des étrangers, des anonymes.

Je voudrais qu'Elle revienne pour lui répéter que je l'aime, que je n'ai jamais été aussi admiratif de quelqu'un, qu'Elle est ce qui m'est arrivé de mieux et que, sans le savoir, Elle m'a sauvé la vie. Oui, je voudrais qu'Elle revienne pour pouvoir le lui répéter et lui dire tout ce que j'avais bêtement choisi de taire.

Mais il est trop tôt, mes nerfs sont toujours à vif. Trop de remords, de regrets, d'amertume. Mon cœur n'a pas pardonné. Oui, il est encore trop tôt, bien trop tôt. Tout est trop proche, trop récent, la réconciliation ne tiendrait pas. Oh, qui sait, les premières semaines seraient peut-être agréables, mais l'avenir s'effondrerait très vite. Une fois passée l'euphorie des retrouvailles, nous en reviendrions au même point. Avec les mêmes erreurs, les mêmes positions et les mêmes conclusions. Nous revoir ne servirait à rien, il est encore trop tôt.

Mon cœur est en jachère.

Je voudrais qu'Elle revienne parce que j'ai changé et que j'aimerais redevenir moi-même.

Mais il est déjà trop tard, bien trop tard. C'est déjà trop loin, trop vieux. Il aurait fallu que ça arrive tout de suite, qu'on pense encore aux mêmes choses, qu'on soit encore animés par les mêmes désirs, qu'on soit toujours les mêmes. Oh, qui sait, les premières semaines seraient peut-être agréables, mais le bonheur ne durerait pas, nous finirions par admettre que tout a changé. Alors on essaierait de rattraper le temps perdu et de retrouver nos vieilles habitudes, mais cela ne fonctionnerait pas, car ces habitudes d'autrefois nous n'en voudrions plus. Il nous en faudrait de nouvelles, or nous ne pourrions pas les avoir ensemble. Non, ça ne servirait à rien, il est déjà trop tard.

C'est du passé.

La fille

Il y a eu Alexandra. Elle m'emmenait partout. Dans des restaurants chic, dans des bars branchés et dans des boîtes à la mode. On ne se voyait qu'à partir du jeudi. Pas avant. Jamais avant. Elle passait me prendre en voiture. Une berline noire que conduisait le chauffeur de son mari ; un homme dont je ne savais rien, si ce n'est qu'il était sans cesse en voyage. Alexandra ne le mentionnait pas et je me gardais d'aborder le sujet. Après tout, qu'elle l'aime ou non, qu'elle regrette ou pas de l'avoir épousé, m'était égal. La seule chose qui m'importait, c'était son goût pour les hommes plus jeunes.

Nous ne parlions pas pendant le trajet qui nous menait là où elle avait décidé de passer la soirée. Les premiers mots que je l'entendais prononcer étaient destinés aux molosses en doudounes noires postés devant les boîtes, bars et autres lieux où elle avait ses habitudes. Elle les connaissait par leur prénom, tendait la joue pour qu'ils l'embrassent, glissait un billet dans leur main, puis demandait si Untel ou Untel était arrivé. Les premiers mots qu'elle m'adressait ? Le nom du cocktail qu'elle désirait boire. La façon dont elle les prononçait laissait penser qu'elle me posait une question ou cherchait à savoir si je prendrais la même chose. Mais ce n'était pas le cas. Malgré le point d'interrogation deviné à la fin de sa phrase, il s'agissait d'une affirmation, d'un ordre. Feignant de croire à une proposition, j'assurais que son choix était le bon et allais au bar. De retour à la table, je la trouvais entourée de femmes grandes, belles, élégantes, malheureuses, et plus âgées que moi. Des femmes comme elle. Intimidé, je m'approchais discrètement, lui tendais son verre et tentais de m'éloigner, mais Alexandra, subitement aimante, m'attrapait par la main, m'embrassait et me présentait. Les visages fermés de ses amies s'ouvraient instantanément. Je passais dans les bras de chacune et répétais mon prénom en déposant un baiser sur leurs joues poudrées.

Ces femmes, qui m'avaient d'abord pris pour un serveur, ne me quittaient plus des yeux et m'écoutaient même avec intérêt. Le seul fait qu'Alexandra m'ait pris pour amant suffisait à me rendre attirant. Flatté mais pas dupe, je profitais de cette attention pour faire passer un message à Alexandra qui opinait du chef comme si elle comprenait ce que je cherchais à lui dire, mais elle ne comprenait pas, ou refusait de comprendre. En réalité, elle se moquait de ce que je pensais, car, pour elle, tout relevait du jeu. Sa vie, son mariage, et nous, bien sûr. Oui, j'étais son jouet. Mais une fois chez elle, dans l'intimité de sa grande chambre blanche et impersonnelle, elle devenait le mien.

À peine avions-nous franchi la porte de l'appartement que les rôles s'inversaient. Esclave devenu maître, j'arrachais ses vêtements, la jetais sur le lit, tirais ses cheveux, la mordais, l'insultais parfois. Et elle criait. Elle criait comme si elle souffrait tandis que l'empreinte de ma main s'imprimait sur ses fesses, ou que mes dents laissaient une marque sur ses tétons. Mais en vérité elle n'avait que ce qu'elle voulait : être dominée. Et moi, me sentir homme.

Ça n'a pas duré longtemps. Après deux mois, j'ai arrêté de rêver d'elle.

Il y a eu Louise. Elle avait besoin de moi, et me réveillait la nuit pour que je la console. Après avoir vérifié si je dormais, elle s'arrangeait pour m'extirper du sommeil en éternuant, en toussant, ou en soupirant bruyamment jusqu'à ce que j'ouvre les yeux. Dans un état second, je la découvrais recroquevillée sur elle-même, les mains sur ses genoux qu'elle gardait repliés sous son menton. Pleurant des larmes bien réelles qu'elle s'évertuait à croire feintes.

Avant de me tourner vers elle, je contemplais notre reflet dans la lucarne, au plafond. L'image que renvoyait la fenêtre me faisait de la peine. Louise était heureuse, une heure plus tôt, alors que nous buvions du whisky à même la bouteille dans une salle de concert miteuse. Elle dansait au rythme de la guitare saturée d'un rockeur qui ne percerait jamais, se recoiffait avec la condensation qui gouttait du plafond, et chantait, encore et toujours. Faux, terriblement faux, mais je trouvais cette fragilité attendrissante, tout comme je jugeais touchante sa façon de jouer les artistes bohèmes pour échapper à son image de petite fille modèle. Heureuse aussi, quand nous étions rentrés chez elle, dans son appartement en soupente près de Bastille. Heureuse encore, quand, ivres au point de ne plus pouvoir tenir debout, nous avions fait l'amour sur le poncho qui lui servait de dessus de lit. Heureuse enfin, quand nous nous étions endormis à moitié déshabillés, nos chaussures aux pieds et nos jeans aux chevilles. Oui, heureuse. Heureuse parce que j'étais là. Mais aux prises avec la solitude de son sommeil, elle pleurnichait. Alors je me tournais, enlevais ses bottines, dégrafais son soutien-gorge, essuyais les larmes qu'elle pleurait pour laver la saleté de nos nuits, et l'entourais de mes bras en susurrant de rares mots doux. Je lui disais « je t'aime » sans le penser. Parce qu'il fallait qu'elle l'entende. Parce qu'elle en avait besoin pour ne pas sombrer. Cela me plaisait d'être utile, désiré, nécessaire. Irremplaçable.

Ça n'a pas duré plus longtemps. Après un mois, j'ai arrêté de rêver d'elle.

Il y a eu Caroline. Elle menait une vie saine qui m'a attiré. Nous faisions de grandes promenades dans le bois de Vincennes, au parc Monceau et en Sologne, où nous nous rendions le week-end. Là-bas, nous dormions dans la chambre qu'elle occupait enfant. Les étagères qui encadraient la petite fenêtre en bois regorgeaient de bandes dessinées, de livres de comptines et d'ouvrages de la Bibliothèque Rose. Il y avait des jouets dans le placard où nous rangions les bottes que nous enfilions pour les balades en forêt, dès l'aube. Nous marchions des heures durant en nous tenant la main. Heureux, sereins, libérés. L'après-midi, nous faisions le tour du domaine à vélo. J'insistais pour n'en prendre qu'un. Je pédalais, elle s'asseyait en équilibre sur le guidon, et nous longions les champs en riant. À Paris, nous jouions au tennis, au golf, elle m'emmenait même courir. Tôt, très tôt. On ne buvait pas d'alcool et on ne regardait pas la télévision. Nous lisions. Tout et n'importe quoi. Des polars, des romans d'amour, des essais, des nouvelles, de la poésie, parfois. Bavarde, drôle, simple, animée par une joie de vivre contagieuse, elle travaillait beaucoup, ne s'en plaignait jamais, et trouvait toujours le temps de s'occuper de moi, de nous. C'était agréable, facile, nouveau.

Ça n'a pas duré longtemps non plus. Après deux semaines, j'ai arrêté de rêver d'elle.

Il y a eu Kate. Une Américaine de passage à Paris pour ses études. Elle aimait séduire et avait besoin de voir qu'elle plaisait. Avec moi, elle n'a eu aucun mal à y parvenir. Il faut dire que je cherchais à me prouver que je pouvais encore conquérir le cœur d'une inconnue. Je nous imaginais tout plaquer sur un coup de tête et nous exiler aux États-Unis. J'y aurais fait la connaissance de ses parents avec lesquels je ne me serais pas entendu. Après une énième dispute familiale, nous serions montés à bord de sa voiture, un pick-up vert kaki des années 70, à bord duquel nous aurions rallié Akron, Alamogordo ou Denver. Nous nous y serions installés, sans argent, travail ni rien, sinon la joie d'être ensemble et la certitude que l'on finirait par y arriver. Il aurait fallu apprendre à nous débrouiller seuls. J'aurais accepté un petit boulot de vendeur chez un disquaire indépendant d'accord pour me payer au black, tandis qu'elle travaillerait pour une petite entreprise de télécommunication.

À défaut de faire fortune, nous aurions fait des enfants. Ils parleraient nos deux langues, joueraient aux cow-boys et aux Indiens dans le petit jardin dont je m'occuperais le dimanche, et vendraient les confitures de leur maman à nos voisins en vantant leur recette française.

Ça n'a pas duré longtemps. Vraiment pas. J'avais beaucoup bu. Après trois heures, j'ai arrêté de rêver d'elle.

Il y a eu Gabrielle. Je ne la connaissais pas. J'étais tombé sur sa photo par hasard. Elle était belle, indépendante, drôle, inspirée, talentueuse, habitée, et femme. Incroyablement femme. Nous faisions une foule de choses ensemble. Aller au cinéma, au théâtre, au restaurant, aux Puces, et dans les cafés, à l'aube, quand il y avait encore de la brume au-dessus de la Seine. Elle avait mille visages et se métamorphosait au gré de mes envies. Tantôt grande et élégante, tantôt petite et tout en formes, tantôt joyeuse et simple, tantôt boudeuse et déprimée, elle savait quel rôle jouer pour me voir fondre. Il lui arrivait d'être musicienne, chanteuse, artiste-peintre, jeune avocate ou étudiante ; de porter des jeans taille haute, des jupes plissées ou des pantalons en soie ; d'avoir la voix cassée ou mélodieuse, d'être mienne ou de n'appartenir qu'à elle-même. Nous ne faisions pas l'amour. J'ignore pourquoi.

Ça a duré un moment, peut-être parce que nous ne nous sommes jamais rencontrés.

Il y a eu Alice. Un petit bout de femme d'à peine dix-huit ans. Inconsciente, enthousiaste, pleine de vie, candide, bref, jeune. Jeune comme je croyais déjà ne plus l'être. Elle me voyait en héros, et je lui apprenais ce que je pensais savoir du monde. Elle trouvait ça formidable. D'ailleurs elle trouvait tout formidable. Je lui parlais de Baudelaire, de Rimbaud, de Ginsberg, et elle s'émerveillait devant cette culture volée à un ami poète que j'étalais à chacun de nos rendez-vous. Dès le lendemain, elle filait acheter les livres que j'avais mentionnés et les lisait seule dans son lit en rentrant de classe. Je l'ai dépucelée.

C'était terrible. Sa peau sentait le shampooing pour enfant et le parfum pour préado. Elle n'avait pas besoin de s'épiler et s'est mise à pleurnicher quand je l'ai pénétrée.

Ça n'a pas duré longtemps. Je crois que nous ne nous sommes même pas parlé.

Oui, j'ai rêvé de beaucoup de femmes. Des femmes rencontrées, aperçues, ou simplement inventées. Des femmes venues de nulle part pour combler un besoin qu'Elle ne comblait pas, qu'Elle ne comblait plus. Des femmes qui parfois m'ont donné envie de changer, et qui, trop souvent, m'ont fait oublier que j'avais celle dont je rêvais vraiment…

Elle a eu 21, 22, 23, 24 puis 25 ans. Nous avons fêté son anniversaire en famille, chez son frère ; en tête à tête, à la campagne ; et chez sa meilleure amie. Celle-ci, toujours prête à lui faire plaisir, avait passé près d'un mois à tout organiser en secret. Les invitations avaient été envoyées trois semaines avant la soirée, et la date, reportée à deux reprises pour satisfaire aux obligations professionnelles de chacun. Nous ayant fait promettre de ne jamais lui faire de surprises, Elle ne se doutait de rien. Les surprises… Elle affirmait détester ça, mais j'ai toujours pensé que la perspective ne lui déplaisait pas autant qu'Elle le prétendait. J'en veux pour preuve le sourire qu'Elle affichait les soirs comme celui où Elle nous trouva tous réunis derrière la porte d'entrée. Un sourire d'enfant qui laissait transparaître un bonheur sincère. Un sourire merveilleux accompagné de larmes de joie dans lesquelles je discernai un fond de tristesse et l'écho étouffé d'une pensée. « *Alors on m'aime vraiment ?* » Oui, « on l'aimait vraiment ». Moi bien sûr, puis ses amis. Tous ses amis… Tous nos amis…

Nous les voyions souvent. Le week-end, puis la semaine, quand ses parents sortaient en amoureux. Nous les recevions à dîner, et Elle prenait son rôle de maîtresse de maison à cœur. À ses yeux, l'amitié de ses proches dépendait de la réussite de ces soirées. Elle se mettait dans tous ses états avant qu'ils n'arrivent, s'énervait contre le four qui ne fonctionnait pas, ou contre le réfrigérateur qui ne « réfrigérateurait » pas assez. Elle tenait ses cheveux en arrière en se penchant au-dessus des casseroles qui ronronnaient sur la plaque, pestait et assurait que c'était raté. Que tout était raté. Je la prenais dans mes bras pour la calmer, baissais le son des enceintes posées sur le lave-vaisselle, et critiquais ses goûts musicaux en la serrant fort contre moi. Et on riait. On riait tout le temps. Lors de ces repas, en voiture, au restaurant et au supermarché, où je m'amusais à glisser des culottes de grand-mère dans son Caddie. On riait après nous être disputés, en nous brossant les dents et en faisant l'amour…

L'amour, ça aussi, on le faisait sans arrêt. Sans arrêt et partout. Chez Elle, sur la méridienne du salon ; chez moi, à même la moquette ; sur le sable brûlant de Porquerolles, camouflés sous un parasol ; au milieu des blés mûrs de Normandie, à l'ombre d'un château d'eau délabré ; et même dans l'atelier de sa mère, alors que ses parents, blottis sur le canapé, lisaient le même roman. Il y avait de l'orage ce jour-là et nous nous ennuyions ferme. Allongés dans sa chambre, je jouais avec ses cheveux tandis que sa main caressait machinalement mon torse. Nous nous sentions seuls. Seuls à deux. Perdus dans des songes que la pluie noyait de mélancolie, portés par le courant de notre vague à l'âme, en apnée. Qui est remonté à la surface le premier ? J'ai oublié. Je me souviens seulement que nous avons commencé à nous embrasser, et que c'est le va-et-vient de sa langue dans ma bouche qui m'a ramené sur le rivage.

Oubliant la présence de ses parents dans la pièce d'à côté, j'enlevai son pull, déboutonnai ma chemise et retirai mes chaussures en les frottant l'une contre l'autre. Elles vinrent s'écraser sur le parquet et nous crûmes un instant qu'on venait d'entrer. Terrifié à la pensée que son père pourrait surgir et nous trouver allongés l'un sur l'autre, je m'empressai de remettre mes chaussures et voulus enfiler ma chemise, mais Elle m'en empêcha et tira dessus en riant. Bien décidé à la récupérer, je ne la lâchai pas et usai de toutes mes forces pour la lui reprendre. Elle tint bon suffisamment longtemps pour qu'une des manches se déchire et que je me retrouve projeté au sol. Riant pour masquer ma douleur, je me jetai sur le lit et commençai à la chatouiller. Elle se tordit comme un ver, me supplia d'arrêter entre deux éclats de rire, puis finit par m'embrasser. Lentement d'abord, très lentement. Puis d'une façon beaucoup plus suggestive.

Je succombais un peu plus à chaque seconde, et sentis tout mon corps se raidir. Me connaissant par cœur, elle continua de m'exciter quelques secondes avant de s'arrêter brusquement. Ne comprenant pas à quoi Elle jouait, je l'interrogeai du regard et Elle se mit à rire en me disant qu'Elle croyait que la proximité de ses parents me gênait. Pris au piège, j'enfilai ma chemise déchirée, la dissimulai sous mon pull froissé et gagnai le salon en priant pour que l'excitation ne se lise ni sur mon visage, ni sur mon entrejambe.

Qu'avais-je espéré en quittant si précipitamment la chambre ? Qu'Elle me suive en courant, me rattrape et se jette sur moi ? Qu'Elle m'appelle avant que je ne franchisse le seuil de la porte, qu'Elle se pâme, allongée sur le lit, et me supplie de la rejoindre ? J'ai oublié. Je me souviens seulement d'avoir regretté mon choix, une fois assis les jambes croisées sur la bergère bleu nuit, près de la fenêtre. Je regardais sa mère, son père, songeant que eux aussi avaient peut-être espéré que nous serions absents cet après-midi. Qui sait ? Peut-être avaient-ils attendu ce dimanche pluvieux toute la semaine. Peut-être avaient-ils envisagé que leur fille serait chez moi et qu'ils pourraient lire, non pas sur le canapé, mais dans un bain brûlant, puis se courir après dans l'appartement, nus et trempés. Amoureux. Mon visage dut trahir mes pensées car son père me demanda soudain à quoi je pensais. Honteux, je cherchai une réponse appropriée que je n'eus pas le temps de donner. Elle venait de faire irruption dans la pièce, les bras chargés de cartons, et prétexta avoir besoin d'aide pour les monter à l'atelier.

« Chat, dit-elle en souriant, tu me donnes un coup de main ? »

Sa mère répondit à ma place.

« Vous n'allez pas faire ça…

— Mais si, maman, l'interrompit-Elle, malicieuse. À deux, ça sera plus pratique. Chat ? Tu viens ? »

Comprenant à son sourire que j'avais tout intérêt à accepter, je la suivis dans l'entrée, puis dans les escaliers de service. Arrivés dans la chambre de bonne que sa mère avait transformée en atelier d'artiste, Elle voulut allumer la lumière. Je ne lui en laissai pas le temps, l'attrapai par la taille et l'embrassai. Reprenant les choses là où nous les avions laissées un quart d'heure plus tôt, je retirai son T-shirt et dégrafai son soutien-gorge tandis que sa main s'aventurait dans mon jean. Bientôt nus, je la plaquai contre le mur et emprisonnai ses poignets dans ma main droite. Tout en les maintenant au-dessus de sa tête, je soulevai sa jambe et la pénétrai doucement, bercé par le râle qui s'échappait de ses lèvres.

Je connaissais son corps aussi bien qu'Elle connaissait le mien, et malgré la pénombre, il me semblait pouvoir distinguer la rondeur de ses seins, la couleur rose pâle de ses tétons qui durcissaient un peu plus à chaque seconde, et le duvet blond qui se hérissait sur ses cuisses.

L'obscurité exacerbant l'instant, je sentais sa peau frissonner contre la mienne, la sueur qui commençait à perler sur nos fronts et la chaleur des soupirs qu'Elle poussait dans mon cou. Oubliant l'endroit où nous nous trouvions, je la laissai me diriger vers le sol, et m'allongeai sur les bâches qui protégeaient le plancher. Lorsqu'Elle vint sur moi, je sentis un liquide froid et laiteux caresser mon dos. De la peinture, sûrement. Je n'en avais que faire, et tentais tant bien que mal de retarder l'inévitable. Les mouvements de son bassin rendaient la tâche difficile, et mes muscles, que je croyais déjà tendus au maximum, se raidirent un peu plus au moment où ses ongles s'enfoncèrent dans mon torse. Prêt à succomber, je la retournai, certain qu'au-dessus d'Elle je pourrais prolonger ce moment, mais, surprise par le froid de la peinture, son corps tout entier se contracta, m'emprisonnant au plus profond d'Elle-même.

Luttant pour ne pas céder à la jouissance qui se rapprochait à chaque va-et-vient, j'attendis encore un peu pour m'abandonner à sa douceur. Juste un peu. Quelques secondes, pas plus. Rien que quelques secondes qui nous permettraient d'atteindre l'orgasme en même temps. Cinq secondes. Pas une de plus. Quatre. Voilà. Comme ça. Trois. Plus que deux. Encore une. Juste une. Une malheureuse secon…

Qui s'est relevé pour allumer la lumière ? J'ai oublié. Je me souviens seulement d'avoir été pris de panique en apercevant des traînées rouge sang sur mon ventre. Croyant m'être blessé, je déambulais dans la pièce, affolé, et Elle riait. Son ventre aussi était ensanglanté, mais Elle ne semblait pas s'en préoccuper. Non, Elle riait de son rire de fillette en me suivant du regard tandis que mon visage devenait de plus en plus livide. Quand Elle finit par expliquer qu'il s'agissait juste de peinture, je ris à mon tour, puis plongeai un pinceau dans un pot qui traînait sur l'étagère et l'éclaboussai. S'ensuivit une longue bataille qui nous vit redescendre l'air malicieux et gêné, tels des chats siamois qui viennent de faire une bêtise et ronronnent en se frottant contre les jambes de leur maître. Air qui prit tout son sens lorsqu'en entrant dans l'appartement je trébuchai dans les cartons que nous étions censés avoir montés…

Où sommes-nous allés après nous être lavés ? Impossible de me le rappeler. Nous étions attendus, ça, je m'en souviens. Nous étions toujours attendus quelque part… À un concert, au théâtre, au cinéma, au restaurant ou chez des amis. Nous arrivions toujours les derniers, en courant, main dans la main, essoufflés. Notre jeu ? Voir qui réussirait à retarder l'autre. Elle attendait d'être dans la rue pour se rendre compte qu'Elle avait sciemment oublié son écharpe, son portefeuille ou son sac ; j'oubliais quant à moi d'avoir fait le plein, j'ignorais où j'étais garé, ou lui demandais au dernier moment de se changer, prétextant que son perfecto rouge ne lui tiendrait pas assez chaud. Il fallait alors remonter à l'appartement, mettre la main sur les clefs, et dénicher écharpe ou sac ; faire trois fois le tour du pâté de maisons à la recherche de la voiture ; nous changer, encore et encore. Nous faisions semblant d'être pressés, mais plus les minutes passaient, plus nous étions heureux. Peut-être parce que nous avions l'impression de voler du temps à la vie.

Pressé, en revanche, je l'étais vraiment au moment de quitter une soirée. Chaque fois que nous sortions, je n'avais qu'une hâte, rentrer, et me retrouver allongé à côté d'Elle, dans son lit ou dans le mien, pour refaire le monde jusqu'à ce que le sommeil nous surprenne. Nous parlions pendant des heures, parfois jusqu'à l'aube que nous aimions voir se lever derrière les rideaux. De tout, de rien. Du passé que nous ne partagions pas, et des promesses de l'avenir qui nous attendait. Le futur, voilà peut-être le sujet qui revenait le plus souvent dans nos conversations. Il nous semblait proche, si proche… et nous nous plaisions à en dessiner les contours. Elle évoquait la vie que nous mènerions en Italie, aux États-Unis ou à Londres ; proposait de nous y installer un an, deux peut-être, puis de rentrer à Paris et de nous offrir l'appartement de nos rêves. Un grand appartement avec deux salles de bains dont nous sous-estimions terriblement le prix. Nous parlions du chien que nous adopterions, un chow-chow ou un sharpeï prénommé Muffy ; des enfants à qui nous donnerions la vie ; puis du mariage qui scellerait notre amour. Mariage qu'Elle voulait digne d'un conte de fées, avec arrivée en carrosse, en robe longue et voile de dentelle, danse des jeunes mariés sur le thème du *Lac des cygnes* joué par un orchestre en smoking blanc, et un toi & moi pour bague de fiançailles.

L'ivresse et la fatigue aidant, avant de sombrer dans le sommeil, il nous arrivait de sentir Muffy se blottir contre nous, d'entendre résonner les premières notes du *Lac des cygnes*, ou d'avoir l'impression d'être, non dans sa chambre ou la mienne, mais dans la nôtre. Notre grande chambre, où, d'ici quelques heures, trois petites têtes blondes feraient irruption en courant.

Oui, nous pensions beaucoup au futur. Trop, peut-être. Assez en tout cas pour ne pas voir que le présent se dérobait sous nos pieds et que ce que nous trouvions « génial », « merveilleux » ou « formidable » il n'y a pas si longtemps était en train de devenir banal. Tristement banal. Cruellement banal. Les sorties, qui se raréfiaient, les projets que nous n'avions plus, du moins plus ensemble, et l'amour. L'amour qu'Elle éprouvait pour moi et que, bientôt, Elle ne ressentirait plus.

Ça n'a pas duré assez longtemps. Après quatre ans, six mois et treize jours, Elle m'a quitté.

On baise ou on parle ?

3

« En fait, ce que t'es en train de me dire, c'est qu'aucune femme ne peut avoir ce qu'elle avait, c'est ça ?

— Malheureusement.

— Comment tu peux en être sûr ? T'as rencontré quelqu'un depuis qu'elle t'a quitté ? Non. Et moi ? Je ne te plais pas, moi ?

— Évidemment que tu me plais, mais c'est différent.

— Qu'est-ce qu'elle avait de si extraordinaire ?

— Rien de particulier.

— Rien de particulier ?

— Comment dire ? Certaines femmes plaisent parce qu'elles sont belles, intelligentes, drôles, ou excitantes. En général, tu tombes sous le charme de quelqu'un à cause d'un sourire, d'une voix ou d'une odeur. Eh bien, avec elle, c'était différent. Alors je pourrais te dire que tout m'a plu chez elle : son sourire, son odeur, sa voix, etc. Mais ce n'est pas ce qu'elle avait qui m'a plu, c'est ce qu'elle était, et il est bien là mon problème.

— Je ne vois pas ce que ça change.

— Ce qui change, c'est que la beauté se fane, que la jeunesse est éphémère et qu'on s'habitue à l'intelligence. En revanche, ce que l'on est, ce que l'on est vraiment, on le reste, et crois-moi, je préférerais que ce ne soit pas le cas.

— Donc il faudrait qu'elle devienne quelqu'un d'autre.

— Oui, enfin ça n'arrivera pas. Elle est et sera, elle m'a plu et me plaira. »

Elle & Lui

ALORS, TU VIENDRAS ?

« Tu l'as vu ?
— Oui, je le quitte à l'instant.
— Comment ça s'est passé ?
— Je viens chez toi et je te raconte ?
— OK, Diane, fais vite. »

Diane, voilà trois semaines qu'Elle l'avait mise au courant, et aussi longtemps qu'Elle ne l'avait pas vue. Prétextant être débordée chaque fois qu'elle lui proposait quelque chose, un café, un déjeuner, ou une soirée entre filles ; Elle avait ignoré ses appels et « oublié » de répondre à ses messages. La voir lui aurait pourtant fait du bien, mais Elle n'avait pu s'y résoudre, car Diane, seule de ses amis dans la confidence, était désormais liée à sa rupture. En sa compagnie,

Elle n'aurait parlé que de lui, or Elle n'en avait pas envie. Elle voulait oublier et faire son deuil, pas ressasser le passé, aussi récent soit-il. Vexée, Diane n'avait pas compris que le silence que lui opposait sa meilleure amie n'était que le prix à payer pour avoir été mise au courant. Aussi, c'est l'esprit revanchard qu'elle lui avait envoyé ce message : « Je sais que tu es très occupée, je voulais simplement te dire que j'avais vu ton ex. J'espère que tu vas bien. Je t'embrasse. » Quelle joie en découvrant le nom « Cachou » s'afficher sur l'écran de son portable une minute plus tard ! Elle lui demandait de faire vite, eh bien, elle allait prendre tout son temps.

« Mais t'étais où ? Ça fait une heure que je t'attends !

— Pardon, Cachou, quelqu'un s'est jeté sous le métro, on est resté bloqués pendant des plombes. »

C'est bête, mais en entendant parler de suicide, Elle avait aussitôt pensé à lui. Pourquoi ? Elle se posait la question et finit par trouver la réponse en se demandant : « Et si c'était lui qui avait sauté sous le métro ? »

S'en persuadant, Elle commença à imaginer la scène. Elle le voyait descendre les marches d'une station, peu importe laquelle, rejoindre le quai et s'asseoir sur un banc, ses écouteurs vissés dans les oreilles. Heure de pointe, il y avait un monde fou, mais il s'en moquait et avait allumé une cigarette dont il laissait le mégot se consumer entre ses doigts. Sa décision était prise, cet après-midi il mettait fin à ses jours ; ne manquait plus qu'à trouver le courage. Immobile, il regardait les rames arriver et repartir sans broncher. Des gens en descendaient, d'autres y grimpaient, mais personne ne semblait le voir. Si bien qu'il se sentait bizarrement seul dans cette station bondée. Sa cigarette était bientôt consumée, il n'y avait pas touché, et le mégot commença à lui brûler le majeur. Il la laissa tomber sans exprimer la moindre douleur et se leva, comme si le filtre fumant n'était qu'une mèche allumée pour lancer le compte à rebours. Le panneau lumineux où était affiché le temps d'attente avant l'arrivée d'un train indiqua zéro minute ; c'était maintenant ou jamais. Décidé, il fit les quelques pas qui le séparaient de la sortie du tunnel, aperçut les phares du wagon de tête se rapprocher, attendit et attendit encore, puis…

« C'était une femme apparemment. Et jeune en plus. Tu te rends compte ? »

Une femme ! C'était une femme ! Dieu merci.

« Et bah, on dirait que ça te fait plaisir, Cachou. Pourquoi tu souris ?

— Pour rien, pour rien. Non, c'est… c'est affreux.

— Bon, je te raconte ? »

Son sourire s'effaça instantanément. Il était vivant, certes, mais cela ne changeait rien à son problème. D'ailleurs, ne serait-il pas plus simple si c'était lui qui avait… Non, bien sûr que non.

« Tu l'as trouvé comment ? Il… il a changé ?

— Cachou, ça fait trois semaines ! Non, il n'a pas changé. C'est lui.

— Oui, oui, je suis bête. Et ça allait, ou… ?

— Écoute, je vais pas te raconter de conneries, on sent qu'il accuse le coup, et en même temps, c'est comme si cette histoire lui avait servi d'électrochoc.

— Comment ça ?

— Bah, après avoir parlé de toi, de vous, on a beaucoup parlé de lui. Je crois qu'il en avait besoin. Bref, il a beaucoup d'idées, beaucoup d'envies et je pense que ça va l'aider à surmonter la séparation.

— Mais quelles idées ? Quelles envies ?

— Je ne sais pas, je ne sais plus. Il a envie de travailler, peut-être pour une association, et voyager aussi. Oui, il m'a dit qu'il voulait voyager, et vivre à l'étranger un moment. En fait il

cherche à se sentir utile, à aider les gens qui en ont besoin. Enfin, il ne compte pas s'arrêter de vivre. C'est bon signe.

— Mouais…

— On dirait que ça t'ennuie. Je pensais que tu serais contente d'apprendre qu'il n'allait pas si mal… »

Bien sûr qu'Elle voulait qu'il s'en sorte. Elle ne souhaitait rien d'autre, mais à la différence de Diane, Elle le connaissait et savait lire entre les lignes des propos que sa meilleure amie lui rapportait. Voyager, travailler pour une association, aider les gens qui en ont besoin ? Il fallait vraiment qu'il aille mal pour tenir ce genre de discours. Diane s'était laissé berner, pas Elle. Il détestait voyager, ça l'angoissait terriblement, alors vivre à l'étranger ? Non. Il voulait fuir. Fuir sa vie, parce que, en le quittant, Elle l'empêchait de la continuer. Aider, travailler pour une association ? Il avait touché le fond.

Il y a un truc amusant, pensa-t-elle : plus les gens vont mal, plus ils éprouvent le besoin d'aider les autres, comme si, pour minimiser leur souffrance, il fallait voir plus malheureux que soi. Et dire que Diane trouvait qu'il n'avait pas changé… Il était perdu, oui, Elle le savait, et s'en voulait à mourir. Mais pourquoi n'avait-elle pas gardé ses doutes pour Elle ? Pourquoi lui avait-

elle dit qu'Elle se posait des questions ? Pourquoi avait-il fallu qu'Elle le quitte ? Oh, si seulement rien n'était arrivé…

« Non, bien sûr que ça me fait plaisir. C'est… c'est bizarre, voilà tout. »

Elle n'avait pas envie de faire part de ses inquiétudes. À Diane, elle en avait déjà trop dit. Parler d'Elle, d'accord, mais de lui, hors de question. Ce qu'Elle savait à son sujet ne regardait qu'Elle, et expliquer à Diane ce qu'Elle avait compris revenait à trahir la confiance qu'il lui avait faite autrefois.

« Et ton anniversaire, alors ?

— J'allais t'en parler, Cachou. J'étais pas certaine que c'était le bon moment.

— Au contraire, pensons à autre chose, ça… ça me fera du bien.

— Bien, je pensais faire comme l'année dernière, une petite soirée à la maison, rien de fou.

— Bonne idée. Le jour même ? Ça tombe quand déjà, le 23 ?

— Vendredi prochain…

— OK.

— Tu pourras venir un peu en avance ? Comme d'habitude ? »

Mais quelle idiote ! Pourquoi avoir mentionné son anniversaire ? Elle aurait pu choisir n'importe quel autre sujet, son nouveau jules, son travail, ou ses études, mais non, Elle s'était jetée dans la gueule du loup. En vingt-cinq ans, Elle n'en avait pas raté un seul. Les goûters d'enfants au jardin du Luxembourg, les après-midi au bowling, les premières « boums », puis les dîners au restaurant, Elle était là chaque fois, mais cette année, Elle ne viendrait pas. Il était encore trop tôt, beaucoup trop tôt. Comment s'amuser en le sachant seul chez lui, déprimé, triste, achevé ? Non, Elle n'avait pas le droit, et puis elle n'en avait aucune envie. Inquiète à l'idée que Diane se vexe, Elle commença à réfléchir à une excuse.

Des excuses, Elle en inventait chaque semaine, alors qu'Elle détestait mentir. Mais Elle ne savait pas dire non. Ainsi, quand on lui proposait quelque chose, Elle acceptait sans se demander si Elle était partante. Parfois, Elle en avait vraiment envie, mais, au dernier moment, se sentant prise au piège, ce qu'Elle ne supportait pas, Elle annulait en prétextant une maladie ou une obligation matinale le lendemain. Lorsqu'Elle ne trouvait aucune raison valable pour faire faux bond, Elle disparaissait, préférant se priver de la compagnie de tel ou tel ami pendant six mois plutôt que de lui avouer qu'Elle n'avait pas eu envie de sortir. À tort ou maladroitement, Elle tentait de préserver les autres, quitte à s'oublier elle-même.

« Tu sais, Cachou, je comprendrais si tu ne veux pas venir. Je veux dire, il est peut-être encore un peu tôt.

— Non, non. Je serai là. T'inquiète pas. »

Mais pourquoi ne pas avoir sauté sur l'occasion ?

En voyant le prénom de Diane s'afficher sur l'écran de mon portable, j'avais hésité à décrocher. Une semaine plus tôt, je m'étais confié à elle, oubliant que nous ne nous connaissions pas vraiment, et à présent, je le regrettais. Inquiet à l'idée d'en avoir trop dit, mais curieux de savoir comment avaient été perçus les messages que je lui avais demandé de faire passer, je finis par répondre.

« Diane ?

— Comment vas-tu ?

— Ça… euh… ça va. Et toi ?

— Bien. Dis-moi, qu'est-ce que tu fais le 23 ?

— Le 23 ?

— Oui, vendredi 23.

— Je… Rien, pourquoi ?

— Je fête mon anniversaire.
— Ah…
— Alors ?
— Alors quoi ?
— Alors tu viendras ?
— À ton anniversaire ?
— Oui.
— Mais… Elle… ?
— Elle ne sera pas là. Elle travaille le lendemain matin.
— Ah. Elle a trouvé du…
— Oui. Bref, je me suis dit que ça te ferait du bien de sortir un peu.
— C'est… c'est gentil.
— Alors tu viendras ? »

Matérialiste

Lundi.

Aujourd'hui, ce sont les coussins du lit qui me manquent. Tous ces coussins qu'il nous fallait enlever lorsque nous y dormions. Combien y en avait-il ? Une bonne dizaine, facile. Des petits, des gros, des ronds et des carrés. On les lançait dans la pièce et son chat prenait appui dessus pour grimper jusqu'à nous. Il se blottissait contre Elle, mais ne restait jamais longtemps. Je crois qu'il n'aimait pas que nous passions la nuit ensemble, la voulant pour lui tout seul. Comment l'en blâmer ? N'est-ce pas ce que je désirais aussi ?

Oui, aujourd'hui, ce sont les coussins du lit qui me manquent, les coussins, et l'intimité que nous partagions après les avoir retirés.

Mardi.

Aujourd'hui, ce sont ses deux trousses de toilette qui me manquent. Ses deux trousses de toilette pleines d'une foule de produits qu'Elle n'utilisait probablement pas. Il y en avait une rose pâle avec des petites fleurs, dans laquelle Elle rangeait ses médicaments, son shampooing, sa brosse à dents, et que sais-je encore ; puis une rouge, en cuir, où Elle entassait ses produits de beauté. Ah, du maquillage… Qu'est-ce qu'elle pouvait en avoir ! Ces deux trousses, Elle les laissait traîner n'importe où. À la campagne par exemple, Elle les abandonnait par terre, sur la moquette vieillissante de la salle de bains que nous partagions à l'étage. Chaque après-midi, je les ramassais et les posais sur la chaise en bois qui fait face au miroir afin qu'elles ne s'abîment pas. Il m'arrivait de jeter un coup d'œil indiscret à l'intérieur, comme ça, juste pour avoir l'impression, ne serait-ce qu'un instant, de me retrouver à la source de sa féminité.

Oui, aujourd'hui, ce sont ses trousses de toilette qui me manquent, ses deux trousses de toilette, et ce que les avoir dans ma salle de bains signifiait.

Mercredi.

Aujourd'hui, c'est le canapé beige du salon qui me manque. Le grand canapé sur lequel nous avions nos places attitrées, et où l'on regardait la télé en riant, oubliant le temps d'un film ou d'une de ces émissions qui l'amusaient tant, nos soucis, nos appréhensions et nos angoisses, nos fichues angoisses. Puis, feignant d'avoir sommeil, son père l'embrassait et me tapait affectueusement dans la main avant de nous laisser tous les deux. Nous profitions de son départ pour étendre nos jambes et nous blottir l'un contre l'autre. Pour que notre silence ne soit pas troublé, Elle éteignait la télévision et nous restions de longs instants sans dire un mot, lovés sur ce canapé qui devenait, alors, le plus bel endroit du monde.

Oui, aujourd'hui, c'est le canapé du salon qui me manque, ce canapé, et le sentiment qu'il me procurait, celui de faire partie de sa famille.

Jeudi.

Aujourd'hui, c'est le lustre de l'entrée qui me manque. Le lustre suspendu au plafond contre lequel je me suis si souvent cogné. Je n'ai jamais réussi à m'y faire, pourtant, combien de fois suis-je passé dessous ? Des centaines et des centaines, pas moins. Que représentait-il déjà ? Une espèce d'étoile ? De flocon ? Je l'ignore. Je me souviens seulement qu'il était bas, pointu, et qu'il tanguait dangereusement quand on avait le malheur de le toucher. Sa couleur ? Sa taille ? Pas la moindre idée. D'ailleurs, était-ce un lustre ou une suspension ? En même temps, je ne l'ai jamais vraiment regardé. Non, je n'avais d'yeux que pour Elle dans cette entrée. Ah, cette entrée ! On passait des heures à s'y dire au revoir. On s'embrassait, on se prenait dans les bras, on n'arrivait pas à se lâcher…

Oui, aujourd'hui, c'est le lustre de l'entrée qui me manque, ce lustre, et la difficulté que nous éprouvions à nous quitter lorsque nous étions en dessous.

Vendredi.

Aujourd'hui, c'est son piano qui me manque. Le piano sur lequel Elle jouait Chopin, Beethoven et Debussy. Timide, Elle ne voulait pas qu'on la regarde, alors je me cachais dans l'entrebâillement de la porte pour l'écouter. Je tentais d'être discret, mais cela ne servait à rien. Elle savait toujours quand j'étais là et n'était pas surprise lorsque j'approchais pour la supplier de m'apprendre un morceau. Alors Elle me faisait une place sur le tabouret et m'expliquait comment m'installer. Je n'arrivais jamais à me tenir comme il fallait, aussi on passait vite à la pratique. Elle me montrait sur quelles touches appuyer, puis j'essayais tant bien que mal de jouer. Je n'étais pas doué, mais Elle ne me décourageait pas et attendait que je sois rodé pour m'accompagner. Les premières mesures étaient laborieuses mais on finissait par y arriver. La musique résonnait alors dans tout l'appartement, et l'espace d'un instant, la vie semblait s'arrêter. En parfaite symbiose, nous respirions, bougions et jouions au même moment, heureux d'être unis par la mélodie guillerette d'un quatre-mains enfantin qui n'existait que parce que nous étions deux.

Oui, aujourd'hui, c'est son piano qui me manque, ce piano, et la symphonie silencieuse que jouaient nos cœurs quand nous nous y installions.

Samedi.

Aujourd'hui, ce sont ses valises qui me manquent. Les deux énormes valises qu'Elle emportait chaque fois qu'Elle partait travailler à l'étranger. On les faisait ensemble. Enfin, ensemble… Ce n'était pas une mince affaire. Non, vraiment pas. Morte d'angoisse à l'idée de s'en aller, Elle était incapable de faire le tri entre les vêtements dont Elle aurait besoin sur place, et ceux qu'Elle ne mettrait probablement pas, alors Elle vidait ses placards et tentait d'en entasser le plus possible. La plupart du temps, Elle le faisait en douce. Elle m'envoyait à la cuisine sous un faux prétexte, puis m'annonçait, ravie, avoir terminé. Je demandais à voir et trouvais ses valises pleines à craquer. J'essayais de les fermer, en vain, puis jetais un coup d'œil à l'intérieur avant de la forcer à faire le tri. Ça avait le don de l'exaspérer, mais je ne pouvais quand même pas la laisser emporter quarante T-shirts et presque autant de pulls pour un voyage de trois mois ! Si ?

Pour alléger ses valises, je lui demandais de lister les vêtements dont Elle aurait vraiment besoin une fois arrivée. Ah ! Ça aussi, ça l'ennuyait. Mais joueuse, ou simplement lassée, Elle finissait toujours par accepter. La liste rédigée, nous ne gardions que ce qui y avait été noté, puis je cochais, catégorie après catégorie, ce qu'Elle rangeait. Une demiheure plus tard, enfin débarrassés, nous étions allongés dans le salon, et je prétextais avoir oublié un truc dans sa chambre pour y retourner. Je me dépêchais d'y aller pour qu'Elle ne me rejoigne pas, déchirais la liste en trois morceaux sur lesquels je griffonnais « je t'aime », puis les glissais dans ses valises, me réjouissant par avance du moment où Elle tomberait dessus. Je crois qu'Elle ne les a pas tous trouvés. Qui sait, peut-être en découvrira-t-elle un lors de son prochain voyage.

Oui, aujourd'hui, ce sont ses valises qui me manquent. Ses valises, la douleur que j'éprouvais quand nous nous quittions, et la joie que je ressentais lorsqu'Elle rentrait.

Dimanche.

Aujourd'hui, ce sont ses bagues qui me manquent. Ses bagues, et la petite douleur qu'elles m'infligeaient quand nous nous tapions dans la main. Ses clefs, et le plaisir que j'avais à les sentir dans ma poche quand j'allais chercher le petit déjeuner. Les rideaux de sa chambre, et la façon dont Elle se déshabillait après les avoir tirés. Son plaid rose, et le sourire enfantin qu'Elle m'adressait en s'y blottissant. Le ficus posé près du canapé, et la manière dont ses feuilles me caressaient le visage quand je posais ma tête sur ses genoux. Le jogging bleu qu'Elle enfilait chaque fois qu'Elle était souffrante, et qu'Elle sache que je ne la trouvais pas moins belle dedans.

Oui, aujourd'hui, c'est la signification qu'Elle donnait au moindre petit objet qui me manque, le sens qu'Elle leur donnait, et la joie qu'ils me procuraient.

Elle(s)

VACANCES ROMAINES

Il a fallu que l'avion décolle pour que je comprenne que je ne pouvais plus faire marche arrière. Les yeux rivés sur le hublot, je regardais Paris disparaître sous les nuages en me demandant ce qui avait bien pu me faire céder. La tristesse de ma mère, l'inquiétude de mon père, la déception de mon frère ? Qu'importe après tout, puisque j'étais là, avec eux, en route pour Rome.

Rome ! Quand ils m'ont annoncé que nous partions y fêter le nouvel an, je n'y ai pas cru. Une blague, ils me faisaient une mauvaise blague. Eh bien, non, visiblement pas. Mais comment avaient-ils pu choisir de partir à Rome ? Avaient-ils oublié qu'Elle et moi y avions passé l'été ? Non, ils s'en souvenaient, bien sûr qu'ils s'en souvenaient, mais le voyage était réservé depuis longtemps, et lorsqu'ils avaient appris la rupture, il était déjà trop tard pour annuler. Rome, je ne pouvais m'y rendre. C'était sa ville, son enfance, ses racines, et puis là-bas, Elle était partout. Dans les rues, les cafés, les trattorias, à vélo Villa Borghèse, à pied autour du Colisée, en train de faire les boutiques Via dei Corso, ou de se promener sur les rives du Tibre… Hors de question que j'y aille, tant pis pour la tradition familiale, cette année, je ne passerai pas les fêtes à l'étranger.

Jusqu'au dernier moment je crus pouvoir tenir bon, mais je n'avais pas imaginé qu'il serait aussi douloureux de les voir partir inquiets, tristes, coupables ; alors j'ai cédé. Peut-être parce qu'il est moins pénible de souffrir que de faire du mal.

Je le savais, le voyage serait terrible. En revanche, j'ignorais que la douleur émergerait dès l'aéroport. Bêtement persuadé qu'Elle était là, je La voyais partout. À l'enregistrement, tirant derrière Elle ses deux énormes valises ; à la douane, fouillant dans son sac à la recherche de son passeport ; dans l'avion, assise à quelques rangs du mien, endormie ; puis arrivés à Fiumicino, dans la file d'attente pour les taxis, impatiente et fatiguée. L'hôtel, enfin ! Voilà le seul endroit où Elle ne pouvait pas être. Pour peu qu'Elle soit à Rome, Elle est dans sa famille, chez des amis, dans l'appartement de son nouveau petit a… Non, si Elle est là, Elle est chez sa grand-mère, pas ailleurs. Pas ici.

L'hôtel malheureusement, il a bien fallu en sortir. Pourtant, comme j'aurais aimé y passer la semaine, ne pas me rendre au Vatican, où, quelques mois plus tôt, nous avions tenté d'apercevoir le pape ; au marché de Porta Portese, où Elle avait acheté une tunique qu'Elle s'était empressée d'enfiler dans une rue déserte ; à la fontaine de Trevi, où nous avions jeté une pièce en nous tenant la main ; et puis ne pas avoir à marcher dans ces rues, où, à défaut de La croiser, j'étais assailli de souvenirs. La Via Venetto et le grand hôtel où nous nous étions arrêtés pour boire un Bellini à l'ombre d'un olivier centenaire ; la Via del Babuino où il avait fallu retourner trois fois pour voir une robe ; les petites rues pavées du Trastevere où le scooter que nous avions loué avait rendu l'âme… Ah ! Que nous y soyons passés ou pas, ces rues me faisaient penser à Elle. Les rires dans les cafés, l'odeur des pizzas qu'on achète à la part, le soleil qui se reflète sur le Tibre, la musique de cette langue qu'Elle avait tant bien que mal essayé de m'apprendre, tout me faisait penser à Elle car cette ville, c'était la sienne.

Elle avait beau ne pas y être née, c'était tout comme. Combien de fois s'y était-Elle rendue ? Des dizaines et des dizaines de fois, pas moins. Dès son plus jeune âge chez ses grands-parents, puis au fil des années pour les communions de ses neveux, les anniversaires de ses tantes, et les mariages ou enterrements de cousins éloignés qu'Elle n'avait jamais rencontrés. Il y avait eu les Noël en famille, les vacances entre cousines et les étés avec ses amis. Premier amour, premier chagrin, premier émoi et découverte de son corps, cette ville l'avait transformée.

Là-bas, on la surnommait « la Parisienne ». Les commerçants, les patrons de cafés, les restaurateurs, et même le vendeur de journaux chez qui Elle achetait ses cigarettes l'appelaient comme ça depuis toujours. « La Parisienne ! » s'écriaient-ils chaque fois qu'Elle était de passage, ou « de retour » comme ils disaient. De « Parisienne » pourtant, Elle n'avait que le surnom. Elle était italienne, peut-être même plus que certains d'entre eux. Indépendante, dure, fière, confiante, à Rome, ce n'était pas la même qu'à Paris. Plus de caprices enfantins, de mots inventés ou d'angoisses existentielles, non, à Rome, c'était une femme.

Cette femme, je l'avais découverte en juin dernier, au moment de nous installer dans le petit appartement loué par le musée pour lequel Elle travaillait. À peine arrivée, Elle s'était empressée de défaire ses valises, de changer les draps et de dresser la liste des courses de première nécessité. La connaissant paresseuse et bordélique, je la regardais s'affairer, surpris par cette motivation soudaine, et pensais que, anxieuse à l'idée de commencer à travailler, Elle tenait seulement à ce que tout soit en ordre pour son premier jour. J'étais loin du compte, car cette volonté, cette maturité et ce sérieux devaient durer tout l'été.

À Rome, Elle n'arrêtait jamais. Elle partait à l'aube, rentrait à la nuit tombée, et trouvait néanmoins le temps de préparer le café, d'étendre le linge à la fenêtre de la salle de bains et de passer au marché. Métamorphosée, même sa façon de faire l'amour était différente. Normalement plus soumise que dominatrice, ici Elle prenait l'ascendant. Elle décidait de tout, dirigeait mes mouvements comme Elle aurait commandé ceux d'un pantin, et me reléguait inconsciemment au rang d'accessoire. Un accessoire, je n'étais rien de plus pour cette femme courageuse et décidée, aussi, jaloux de l'attention qu'elle portait à son travail et à ses responsabilités, je n'attendais qu'une chose, qu'arrive enfin le vendredi. Ne travaillant pas le week-end, libérée de ses obligations professionnelles, Elle redevenait aimante et malicieuse, me faisait visiter la ville, me présentait amis, cousins et nièces avec qui elle organisait de grands dîners, et nous étions heureux, car pour la première fois nous vivions ensemble. Voilà peut-être pourquoi il était si pénible de retourner à Rome : nous y avions vécu à deux et cette fois j'y revenais seul.

Plus la date du retour approchait, moins je pensais à Elle. Cette ville qui avait été sienne, puis nôtre, était peu à peu en train de devenir mienne. Les rues que je traversais n'étaient plus liées à son seul souvenir ; les monuments, les églises, les musées, les bars, les jardins, ne lui appartenaient plus ; et pour le plus grand bonheur des miens, je parvenais enfin à en profiter. La ville était belle en hiver, peut-être plus qu'en été. Belle, et différente, à tel point que j'avais l'impression de découvrir certains quartiers dans lesquels j'avais pourtant marché quelques mois plus tôt. Bizarrement libéré du poids du passé, je ne reconnaissais rien. La couleur de l'eau des fontaines, le grain des pierres de la façade des immeubles, et même le bruit de mes pas sur les pavés, tout avait changé. Tout, sauf une petite rue cachée derrière le Panthéon. À la recherche d'un restaurant, nous y étions arrivés par hasard, et j'avais aussitôt reconnu l'endroit. Cette rue, c'était celle de la trattoria où Elle et moi descendions dîner un soir sur deux, du marché où nous faisions nos courses et du tabac où nous achetions nos cigarettes, oui, cette rue, c'était la nôtre. Nous y avions habité deux mois durant, sur le trottoir de gauche lorsqu'on regarde en direction du Panthéon, au numéro 18.

Brusquement projeté dans le passé, j'étais paralysé et regardais l'immeuble en tentant de me souvenir de notre étage, quand une fenêtre s'ouvrit au cinquième. Le cinquième bien sûr, l'appartement se situait au cinquième. Qui l'occupait à présent ? Une famille, des touristes, des étudiants ? Il y avait une femme en tout cas, une jeune femme qui venait d'apparaître sur le balcon. À contre-jour, je distinguais à peine sa silhouette, mais quelque chose chez elle m'attirait. Alors, j'attendis que le soleil soit voilé pour voir son visage. Lorsqu'un nuage finit par projeter son ombre sur la rue, mon cœur manqua de s'arrêter. C'était Elle. Accoudée au balcon. Croyant halluciner, je clignais des yeux pour chasser ce mirage, mais Elle restait là, debout, les bras en appui sur la rambarde. Les yeux fermés et le menton légèrement relevé, Elle respirait profondément et laissait le vent lui caresser le visage. Elle portait encore son pyjama – un pantalon de satin marron chocolat et un T-shirt blanc à col V ; Elle avait dû sortir la veille pour se réveiller aussi tard. Avec qui ? La question m'obsédait tant que j'oubliai le risque pris en restant là, sous sa fenêtre. Elle pouvait me voir à tout moment mais je n'en avais que faire : la seule chose qui m'importait était de savoir avec qui Elle était sortie. Était-ce avec ses parents ? Avec ses cousines ? Avec des amis ? Non, Elle était avec un homme, celui qui venait de la rejoindre sur le balcon. Je n'en revenais pas, Elle m'avait déjà remplacé.

Fou de rage, je sentis la brûlure de la jalousie poindre au fond de ma gorge alors qu'il enroulait ses bras autour de son ventre et tournait la tête pour l'embrasser. Mais très vite, la colère laissa place à la surprise. Cet homme torse nu, en serviette et les cheveux mouillés que je me voyais déjà attendre dans la rue, cet innocent que j'avais bêtement envie de rouer de coups et envers lequel j'avais d'emblée éprouvé une haine viscérale, c'était moi. C'était moi et je n'étais plus dans la rue emmitouflé dans mon manteau, mais sur le balcon du cinquième étage, un drap de bain autour de la taille et mes bras enroulés autour d'Elle. Je sentais les gouttes d'eau qui perlaient sur ma peau, le souffle du vent dans mes cheveux, les rayons du soleil sur mon torse, son corps, là, contre le mien, l'odeur des draps sur sa nuque, et la chaleur de son ventre. Ce n'était plus décembre mais juin, juillet ou août, et un monde de possibilités s'offrait à nous. Nous pouvions tout faire, nous habiller et sortir prendre le petit déjeuner au café du coin, rentrer à l'intérieur et faire l'amour, bercés par la mélodie du ventilateur dont j'entendais les pales tourner laborieusement, ou nous allonger une minute, rien qu'une petite minute, et nous endormir blottis l'un contre l'autre, mais nous restions là à regarder les passants marcher tête baissée.

L'amour est silencieux et je ne ressentais pas le besoin de lui dire quoi que ce soit, ni que je lui en voulais, ni qu'Elle me manquait, ni même que je ne comprenais toujours pas pourquoi Elle m'avait quitté, car tout ça n'existait plus, c'était une autre réalité. Une réalité lointaine que le soleil de Rome avait fait fondre.

Le soleil justement, il brillait de plus en plus et je le sentais me brûler les épaules, mais bizarrement, mes cheveux étaient encore trempés. Ils auraient dû avoir séché depuis longtemps, mais des gouttes d'eau continuaient de couler le long de mon torse, et comme si je m'étais trouvé derrière une vitre sur laquelle s'abat la pluie, je ne vis bientôt plus que des gouttes. Je clignais des yeux pour les faire disparaître, mais elles restaient là et m'empêchaient de La voir. Frigorifié, je voulais me blottir contre Elle, mais Elle semblait avoir disparu. Pourtant, je l'entendais m'appeler. « Mon chéri, mon chéri. » Me concentrant de toutes mes forces sur Sa voix, je fermais les yeux et tendais les bras pour La rejoindre, mais je ne brassais que du vide. Un vide froid, humide et désolé dans lequel je m'enfonçais peu à peu. « Mon chéri... » « Mon chéri... » Sa voix s'était rapprochée, et, croyant l'avoir retrouvée, j'ouvris les yeux, mais ce n'était pas Elle, et j'étais de retour dans la rue.

« Mon chéri, mets-toi à l'abri, il pleut des cordes », disait ma mère.

Paralipses ?

C'est idiot, car c'est probablement ce qu'il pourrait m'arriver de mieux, mais j'ai peur de l'oublier.

Oui, j'ai peur de ne plus me souvenir de son rire, naïf et ingénu, du son cristallin et apaisant de sa voix, ou du ton qu'elle prenait pour me dire qu'elle m'aimait. « Je t'aime », « Je t'aime », « Je t'aime ». Est-ce mon imagination, ou suis-je encore capable de l'entendre prononcer ces mots doux ?

Et le bruit de ses pleurs ? Ce bruit terrible qui me brisait le cœur, ce cri de détresse qui la transformait, sitôt qu'elle le poussait, en une petite chose fragile qu'il me fallait à tout prix protéger. Suis-je seulement capable de m'en souvenir ?

Non, déjà, ce n'est plus qu'un écho. Un écho lointain qui résonne timidement contre les parois de mon crâne, une mélodie paresseuse que le temps ralentit jour après jour, une chanson jouée en play-back par une chanteuse qui a déjà quitté la scène.

C'est stupide, je le sais, mais j'ai peur d'oublier la couleur de ses yeux et la façon qu'ils avaient de trahir la moindre de ses pensées. Oui, j'ai peur de ne plus me souvenir de la douceur de ses mains, de la délicatesse de ses doigts et de la perfection avec laquelle ils se mêlaient aux miens. Peur de ne plus être capable de voir apparaître ses longues jambes pâles et ses petits seins blancs derrière mes paupières closes ; peur qu'un jour je ne parvienne plus à me représenter son sourire.

Déjà ses traits s'effacent de ma mémoire. Les courbes de sa silhouette et les mimiques de son visage ne sont plus qu'une illusion, qu'un mirage qui se dessine à l'horizon et dont je crois à tort pouvoir m'approcher. Même sur les photos, ce n'est plus vraiment Elle. Non, c'est une autre femme. Une femme sans vie dont je ne peux soutenir le regard et qui jette du sel sur mes plaies, chaque fois que j'ai le malheur de poser les yeux sur elle.

C'est bête, j'en suis conscient, mais j'ai peur d'oublier ce que je ressentais quand je l'apercevais remonter une rue pour venir à ma rencontre, peur de ne plus me souvenir de la joie que j'éprouvais et de la façon dont mon cœur se mettait à battre quand, distinguant son visage, j'y surprenais un sourire amoureux.

Déjà, je ne sais plus ce que c'est que de sentir son cœur battre à la seule vue d'un sourire. Non, je ne sais plus ce que cela fait que de se sentir vivant.

Oh ! C'est idiot, c'est vrai. Mais j'ai peur de ne plus l'aimer.

Long métrage

SCÈNE 5 – CAFÉ – INT. JOUR

C'est dans un café qu'aurait lieu la cinquième scène. Un café du boulevard Haussmann, quelques jours avant les fêtes de fin d'année. Pour situer l'action, on filmerait les trottoirs bondés, les touristes qui l'arpentent les bras chargés de paquets, les décorations tapageuses des vitrines, les arbres sans feuilles recouverts de guirlandes lumineuses, la brume qui plane au loin sur l'Arc de triomphe, puis les vitres embuées du café où sont installés nos héros.

C'est la première fois qu'ils se retrouvent en tête à tête. L'initiative vient de lui, bien sûr. Pourquoi l'aurait-elle prise ? Après tout, ce n'est pas elle qui est tombée amoureuse le mois dernier, n'est-ce pas ?

Il lui a fallu du courage pour lui proposer de se voir pendant les vacances. Un courage fou qu'il a mis longtemps à réunir. Il a hésité pendant près d'une heure, écrit trois fois le même message pour l'effacer aussitôt, puis, allongé sur son lit, la boule au ventre, il s'est finalement décidé à l'envoyer.

On pourrait le montrer d'ailleurs. On le verrait faire les cent pas dans sa chambre, s'asseoir à son bureau puis se relever, sortir son portable puis le ranger, et enfin lui écrire avant de détourner la tête comme s'il s'attendait à ressentir une douleur soudaine. Réflexe idiot et inutile, car il n'y aurait pas de douleur, mais une joie inouïe au moment de constater que, sur l'écran de son téléphone, les mots suivants viennent de s'afficher : « *Avec plaisir. Demain, ça te va ? Vers 16 heures ?* »

Du courage, il lui en fallut aussi pour ne pas se dégonfler à la dernière minute. Terriblement anxieux, il n'a pas fermé l'œil de la nuit, et c'est les traits tirés et la mine lasse qu'il arriverait devant le café où ils se sont donné rendez-vous.

Très en avance, il longerait les devantures des magasins à la recherche d'une glace pour se recoiffer. S'arrêtant chaque fois qu'il trouve son reflet, il passerait la main dans ses cheveux, arrangerait sa chemise et tirerait sur le bas de son pantalon pour qu'il tombe parfaitement sur ses chaussures. Malheureusement pour lui, il y a du vent dehors, beaucoup de vent. Trop en tout cas pour que ses mèches rebelles gardent le mouvement qu'il s'est échiné à leur donner. Constatant l'heure sur son téléphone, il reviendrait sur ses pas et guetterait son arrivée. Livide et angoissé, son visage s'éclairerait soudainement en l'apercevant venir à sa rencontre.

Après s'être embrassés, ils s'installeraient à l'intérieur, juste derrière la vitre. Elle commanderait un chocolat liégeois, lui une bière, bien qu'il ait envie de la même chose, parce qu'il pense que ça fait plus adulte, plus mature, plus viril. Les premières minutes seraient un peu laborieuses, il est timide, et ça se voit. Il veut lui plaire, mais ne sait comment s'y prendre. À la fac, c'est facile. Chaque fois qu'ils sont ensemble, il y a une foule de gens avec eux, des gens avec qui il est à l'aise et dont il n'a aucun mal à se moquer gentiment pour la faire rire. Aujourd'hui, il n'y a personne, et il va devoir se débrouiller seul.

Faussement à l'aise, il tenterait de se donner une contenance en jouant à l'homme idéal. Il prendrait une voix plus grave qu'à l'accoutumée, pèserait ses mots, bref, il ne serait pas vraiment lui-même. Légère et sereine, elle ne remarquerait rien et se comporterait comme elle l'a toujours fait, naturellement.

La caméra les filmerait en train de rire, de parler, puis de fumer une cigarette, dehors, sur la terrasse. Elle aurait froid, et il sauterait sur l'occasion pour l'entourer de ses bras afin de la réchauffer. Habitué à fumer rapidement, il prendrait cette fois tout son temps. C'est si bon de la sentir, là, contre lui.

Le soleil couché, nous les verrions sortir et discuter encore quelques instants sur le trottoir avant de se séparer. Triste à l'idée de passer deux semaines sans elle, il oserait lui dire qu'elle va lui manquer, puis la laisserait partir la première. Faisant mine de chercher quelque chose dans sa poche, il resterait à la regarder jusqu'à ce que sa silhouette disparaisse. Pas mécontent du rôle qu'il a endossé cet après-midi, il gagnerait le métro sans se douter une seule seconde que, pour lui plaire, il n'aurait qu'une chose à faire, être lui-même…

Une nuit de septembre

C'est peut-être lors de cette nuit de septembre que tout a basculé. Lors de cette nuit si particulière où, pour la première fois, nous avons laissé la vie se mettre en travers de notre histoire.

Des nuits particulières, nous en avions pourtant connu quelques-unes. Il y avait eu la nuit à la campagne, où une fouine tapageuse nous avait fait croire à l'irruption de cambrioleurs ; la nuit à la montagne, où, ivres, nous avions sauté dans la piscine, déclenchant l'alarme de l'hôtel ; ou encore notre toute première nuit à deux. Ah, cette première nuit passée dans les bras l'un de l'autre ! Depuis combien de temps étions-nous ensemble ? Quelques jours à peine. Tout était tellement nouveau. Nous n'avions jamais fait l'amour, ne nous étions pas vus autrement qu'habillés, et c'était à peine si nous osions nous toucher tant notre désir naissant nous semblait irréel. Plus tôt dans la journée, lorsqu'Elle m'avait proposé de dormir chez Elle, je n'y avais pas cru. J'avais néanmoins préparé quelques affaires, mais de peur de brusquer les choses ou de m'imposer, j'avais préféré les laisser dans le coffre de mon scooter avant de monter la rejoindre.

Elle n'a rien dit en me voyant monter les mains vides, et après avoir dîné en tête à tête dans la cuisine, nous nous étions allongés devant un film. N'osant pas mentionner la nuit qui arrivait, nous laissions les acteurs combler le silence que nous étions incapables de troubler. À quoi bon parler puisque aucun mot n'aurait pu décrire ce que nous ressentions ce soir-là. Ni la joie de nous être trouvés, ni le bonheur que nous avions d'être seuls pour la première fois, ni l'angoisse délicieuse que nous éprouvions à cet instant. Timides et mal à l'aise, nous luttions pour ne pas céder au sommeil. Elle était épuisée, bâillait de plus en plus souvent et s'étirait pour rester éveillée, mais Elle ne voulait pas s'endormir et se redressait chaque fois qu'Elle piquait du nez.

Je la regardais du coin de l'œil, attendri, ému, amoureux tout simplement, et j'avais envie de l'envelopper de mes bras et de lui crier mon amour, mais je me retenais de le faire, inquiet à l'idée qu'Elle n'ait pas encore envie de l'entendre. Il était trop tôt, bien trop tôt, et de toute façon je n'en avais pas le courage. D'ailleurs, ne venais-je pas de tourner la tête en l'apercevant se lever pour enfiler son pyjama ? Si, de peur de ne pas avoir le droit de La regarder, j'avais détourné mon attention et fixé la télévision, sur laquelle, surprise, son corps s'était reflété quelques secondes.

Le silence n'aidait pas à rester éveillé et Elle finit par s'endormir quelques minutes plus tard. Elle était belle, sereine, vulnérable, et l'espace d'un instant je pensai à notre rencontre, aux années d'amitié auxquelles elle avait donné naissance, et réalisai enfin que celle que je voulais depuis si longtemps était là, tout près de moi, et que ma place, celle pour laquelle je m'étais battu, se trouvait à ses côtés, dans ce lit, où j'allais passer la nuit. Prêt à m'endormir à mon tour, je me rappelai soudain avoir laissé mes affaires dans mon coffre. Maudissant ma timidité et mon inexpérience, je descendis les chercher en courant et remontai le plus vite possible à l'appartement. Elle dormait toujours ; rassuré, je me lovai contre Elle en me demandant si je ne rêvais pas déjà.

Oui, des nuits particulières nous en avons connu quelques-unes. Il y a eu des nuits silencieuses, tristes et sans espoir ; des nuits de bonheur, d'amour et de complicité ; des nuits de dispute passées à se détester, et des nuits d'effroi privées de sommeil et de sourires. Des nuits comme tous les couples en connaissent, mais que nous pensions être les seuls à avoir le droit de vivre.

Celle de ce mercredi soir de septembre ne devait pas être différente des autres. Nous nous retrouverions pour dîner, puis nous traînerions au lit des heures et des heures avant de nous endormir. Elle grignoterait des biscuits et mettrait des miettes dans les draps, je me lèverais pour aller chercher de l'eau, des cigarettes ou un briquet, nous ferions l'amour, puis nous regarderions un film d'horreur en fumant de l'herbe. Je la ferais rire en hurlant toutes les trente secondes et Elle m'attendrirait en bâillant comme un chaton épuisé. Oui, ce devait être une nuit heureuse, comme beaucoup d'autres, mais ce soir-là, la vie avait décidé de se mettre en travers, à moins que ce ne soit nous qui l'ayons laissée faire. Le problème qui se posait était de savoir où nous dormirions. Elle était fatiguée et préférait que je vienne, moi ; je devais me lever tôt le lendemain et lui demandais de venir, Elle ; il fallait qu'Elle soit là pour nourrir son chat, et moi que je sorte mon chien ; Elle était enrhumée et ne voulait pas attraper froid, je n'avais plus d'essence et refusais de prendre le métro ; nous avions, l'un comme l'autre, plein d'excuses pour ne pas bouger. Des excuses idiotes qui, en temps normal, ne nous auraient jamais empêchés de nous retrouver, mais qui, ce soir, justifiaient qu'on ne se voie pas. Têtus, butés, ou peut-être moins amoureux, nous avons décidé de rester chacun chez nous.

Nous nous sommes vus le lendemain, comme tous les autres jours de la semaine, et n'avons pas cru bon de parler de cette nuit où, pour la première fois, nous avions préféré être seuls plutôt qu'ensemble. Nous aurions dû, car c'est peut-être à cause de cette nuit que tout a commencé. Ou plutôt, que tout s'est arrêté.

Et si j'avais accepté de bouger…

Ce sera

Ce sera au restaurant. Un restaurant étoilé, ou un vulgaire boui-boui. Chez des collègues de travail, ou chez des amis communs que nous aurons rencontrés séparément.

Elle saura que je viens et se sera longuement préparée à l'idée de me revoir. Elle saura que je suis convié et aura tout fait pour se décommander, en vain. Elle ignorera que je suis invité et sera très surprise de me trouver chez ce couple de proches, chez cette vieille fille – copine de longue date de son mari – ou chez ce type un peu bourru à qui elle n'a rien à dire, mais chez qui elle s'est sentie obligée de venir dîner.

Elle sera contente de me voir, regrettera de ne pas avoir réussi à annuler, ou s'en moquera éperdument. Elle regardera son époux, son conjoint, ou son nouveau copain, avec bienveillance, comme pour lui assurer que tout va bien et qu'elle n'éprouve plus rien pour moi. Elle sera seule et, du coin de l'œil, me jettera des regards gênés, étonnés, ou aimants. Elle se souviendra de notre histoire, des moments que nous avons partagés et de ce que l'on a accompli ensemble. Elle ne se souviendra de rien, aura tout oublié et cherchera à comprendre ce qu'elle pouvait bien me trouver.

Elle fera comme si de rien n'était, tentera d'agir le plus naturellement possible, ou sera terriblement mal à l'aise et peinera à le cacher.

Je ne lui ferai plus aucun effet, elle ne me trouvera ni beau, ni drôle, ni intelligent. À moins que, d'un seul coup d'un seul, tel un électrochoc, elle ne retombe amoureuse.

Que se passera-t-il quand nous nous reverrons ?

Rhétorique du subconscient

ACTE IV. EN DÉCALAGE

« Ah non ! Tu ne vas pas me dire que tu penses qu'Elle t'a quitté pour les mêmes raisons ?

— Bien sûr que si. Tu as entendu ce que Delphine m'a dit au déjeuner, non ? Ce qu'elle reproche à Guillaume, c'est probablement ce qu'Elle me reprochait.

— Mais on s'en fout, de ce qu'Elle pouvait te reprocher.

— Non, on s'en fout pas. Putain ! Mais qu'est-ce que j'ai pu être con…

— Con ? Pourquoi ? Parce que tu lui faisais confiance et que tu pouvais tout lui dire ? Parce que tu préférais passer du temps en tête à tête avec Elle plutôt que d'aller te bourrer la gueule en boîte ? Parce que t'avais envie de dormir avec Elle, de te réveiller à ses côtés et de vivre comme un couple ? Mais pauvre con ! Quand vas-tu enfin comprendre que les femmes ne savent pas ce qu'elles veulent ? Tu leur dévoiles tes problèmes, tes angoisses, tes insécurités ? Elles te reprochent de te laisser abattre et de les accabler avec tes soucis. Tu gardes tes ennuis pour toi et tu joues les mecs virils ? Elles t'accusent de ne pas t'ouvrir. Tu veux les voir le plus souvent possible ? Elles se sentent étouffées et se plaignent que tu n'aies pas de vie. Tu gardes tes distances et tu leur laisses de l'espace ? Elles pensent que tu n'es plus amoureux ! Toutes les mêmes… Il n'y a en pas une pour rattraper l'autre.

— C'est vrai que tu es expert ès femmes…

— Expert, non, mais contrairement à certains, moi, j'ai du bon sens.

— Du bon sens ? T'es un putain de misogyne, oui. Tu rejettes la faute sur Elle, alors que le responsable, c'est moi.

— Parce que c'est toi qui l'as quittée peut-être ?

— Mais si Elle m'a quitté, c'est parce que je lui ai donné envie de le faire ! Je l'ai prise pour acquise, je me suis trop écouté, et pire encore, j'ai oublié de qui Elle était tombée amoureuse. D'un mec simple et aimant qui lui facilitait la vie plutôt que de passer son temps à la lui compliquer. Elle n'y est pour rien, c'est moi, j'ai tout fichu en l'air. J'aurais dû…

— T'aurais dû quoi ? Être à sa botte ? Renier tes envies, tes besoins, ta personnalité ? Jouer un rôle ? Mais qu'est-ce que tu crois ? L'amour, ce n'est pas mécanique. Ça ne s'explique pas, c'est quelque chose qui nous échappe.

— Mais qu'est-ce que t'en sais ?

— Et toi, qu'est-ce que t'en sais ? Hein ?

— J'en sais que si j'avais fait plus d'efforts, nous n'en serions jamais arrivés là. Si plutôt que de tirer une gueule de six pieds de long lorsqu'Elle organisait une soirée je m'étais réjoui à l'idée de passer du temps avec nos amis, si je ne lui avais pas demandé plus, toujours plus, et que je m'étais contenté de ce qu'Elle voulait bien me donner, si je m'étais débarrassé de mes démons plutôt que de les traîner derrière moi chaque fois que je partais la retrouver, nous serions encore ensemble.

— Putain, mais t'es irrécupérable…

— Pourquoi ? Parce que je suis capable de reconnaître mes torts ?

— Parce que t'es complètement borné ! Tu passes tes journées à te demander ce que tu aurais dû faire ou ne pas faire, mais merde ! Songe un peu aux efforts auxquels Elle aurait dû consentir. Pourquoi aurait-il fallu que ce soit à toi de changer, de tout accepter, de tout encaisser ? Hein ? Elle n'aurait pas pu y mettre un peu du sien ? Non, il fallait que TOI tu acceptes, que TOI tu changes et que TOI tu encaisses sans broncher, bien sûr, parce qu'Elle, oh, Elle, c'était la huitième merveille du monde, une petite princesse, une déesse exilée chez nous pauvres mortels, qui te faisait une fleur en t'autorisant à profiter de ses charmes, de son temps ô combien précieux et de sa lumière divine !

— Tu délires… Elle a accepté un nombre incalculable de choses. Mes défauts, mon caractère, mes tares, mes angoisses existentielles… Seulement, j'en ai trop demandé, beaucoup trop demandé.

— C'est surtout qu'Elle ne voulait rien te donner, parce qu'Elle est tombée amoureuse d'un personnage, du rôle que tu jouais à vos débuts, pas de toi. Voilà ce qu'elles veulent les femmes, des personnages, des acteurs sans faille dont le texte, les costumes et l'apparence ont été travaillés.

— Mais c'est faux ! Elle m'a aimé pour ce que j'étais et quitté pour ce que j'ai eu la bêtise de devenir. Les femmes ne veulent rien d'autre que des hommes normaux, mais lorsqu'elles ont mal, elles préfèrent arracher le pansement d'un coup plutôt que de souffrir sur la durée en le détachant lentement. C'est vrai ce que Delphine m'a dit tout à l'heure, les femmes sont plus dures que nous, plus matures, plus « viriles ». Elles préfèrent souffrir le martyre en quittant un homme plutôt que de prolonger la douleur, aussi minime soit-elle, que leur cause le fait de rester avec lui. Nous, on ne pense pas comme ça. À vrai dire, on pense exactement l'inverse, par lâcheté ou peut-être par peur d'être seul, je ne sais pas.

— Si ça te fait plaisir de le croire, crois-le. Mais la vérité, c'est que vous avez toujours été en décalage. Les dés étaient pipés depuis le premier jour car vous ne vous voyiez pas avec le même prisme, et si tu t'en étais rendu compte plus tôt, ça t'aurait évité bien des souffrances, mais quelque part, c'est ce qui te plaisait, non ? De souffrir ?

— En décalage ? On n'était pas en décalage. On était sur la même longueur d'onde.

— Ouvre les yeux, merde ! Pour toi, Elle était une ville, un pays, un monde, tu n'étais qu'une rue, un étage, un appartement, une chambre. Elle était une langue, une culture, tu n'étais que des mots, des adjectifs et un prénom. Elle était LA femme. Tu étais UN homme.

— J'étais bien plus !

— En tout cas, maintenant, tu n'es plus rien.

— Parce que je me suis laissé rattraper par la vie.

— Parce qu'Elle a cessé de t'aimer et que, tu aies changé ou non, Elle aurait cessé de t'aimer de toute façon.

— Mais on n'arrête pas d'aimer quelqu'un sans raison !

— Ah bon ? »

On baise ou on parle ?

4

« La plupart du temps, ce sont des flashes.

— Des flashes ?

— Des flashes, des visions. Le petit cabinet de toilette près de sa chambre, le linge qui y était pendu et contre lequel je me débattais chaque fois que je m'y trouvais. La porte de service par laquelle je passais pour ne pas réveiller ses parents, le miroir de l'entrée face auquel on s'amusait à poser et les lits de repos sur la terrasse dont nous ne profitions jamais. Tu sais, il m'arrive de me projeter chez elle et de revoir tout ça. Des flashes, des visions, puis des souvenirs, des bribes de souvenirs. L'odeur des pâtes qu'elle cuisinait, le bruit que faisait l'ascenseur en démarrant, la sonnerie de l'interphone, le claquement de la pluie contre ses fenêtres, et la cohue rue de Rennes le vendredi soir, quand on allait voir un film. Même si, peu à peu, des détails ou des sensations disparaissent et s'évanouissent…

— Elle aussi, elle a des flashes, crois-moi ; je sais de quoi je parle.

— Je croyais que t'avais jamais été amoureuse.

— Parce qu'il faut avoir été amoureuse pour larguer un mec ? Fais-moi confiance, elle a des flashes, comme tu dis. Et si elle n'en a pas encore, elle en aura.

— Si tu le dis. Peut-être qu'elle se souvient de nos week-ends à la campagne, de la façon dont je lui caressais la cheville dans la voiture ou de la soirée passée au Grand Palais il y a quelques mois. Peut-être se souvient-elle d'autres choses. Des choses que je n'ai jamais vues, ou jamais soupçonnées. Après tout, elle et moi, on ne vivait pas la même histoire.

— Comment ça ?

— On ne vivait pas la même histoire, c'est tout. J'ai mis du temps à le comprendre mais tout est clair dorénavant. Elle a vécu une histoire avec moi et moi une avec elle. Je sais ce que cela implique d'être avec elle, mais je n'ai pas la moindre idée de ce que ma présence dans sa vie signifiait à ses yeux. Moi, je suis conscient de ce que je ressentais quand on s'embrassait ou qu'on faisait telle ou telle chose, mais elle ? Va savoir ce qu'elle éprouvait… À quoi pensait-elle quand elle était à ta place sur ce lit ? Quelle musique écoutait-elle sur le trajet ? Que faisait-elle quand elle restait là, sans moi ? Je l'ignore. Alors elle a peut-être des flashes, mais qui sait à quoi ils ressemblent… Peut-être sont-ils l'inverse des miens. Peut-être a-t-elle choisi de tout oublier… Enfin, de toute façon, pour elle, ce n'était qu'une histoire d'amour.

— Et pour toi ?

— Bien plus, Anastasia, bien plus. C'était… c'était une vie. C'était La vie. »

Elle & Lui

COMME AVANT. COMME TOUJOURS

*Elle s'était habillée sans réfléchir. Un jean noir, des stilettos de la même couleur, un pull en cachemire cintré qui épousait sensuellement ses formes, et un sautoir de perles, précieux, mais discret. Sans s'en rendre compte, Elle avait rejoint la salle de bains et commencé à se maquiller. Un soupçon de Terracotta pour raviver son teint, du rouge à lèvres pour accentuer le contour de sa bouche, puis du mascara pour réveiller son regard. Normalement, Elle aurait pris le temps de se faire un masque, un brushing, et peut-être même une petite manucure rapide, mais ce soir, Elle se limita au « strict minimum » et quitta la pièce après avoir vaporisé un peu d'*Instant *de Guerlain dans son cou et sur ses poignets. Elle était belle, mais poussa un soupir déçu en jetant* *un coup d'œil furtif en direction du miroir de l'entrée. Elle se trouvait affreuse et se dépêcha de détourner le regard.*

Le taxi l'attendait au coin de la rue. Elle se faufila à l'intérieur après avoir jeté la cigarette qu'elle venait à peine d'allumer et donna l'adresse au chauffeur en desserrant son écharpe. Elle aurait voulu marcher, mais il pleuvait des cordes et, à défaut d'avoir envie de plaire, Elle ne voulait pas apparaître trempée des pieds à la tête. Le trajet aurait dû durer un quart d'heure, vingt minutes tout au plus, mais le jeune homme assis derrière le volant choisit à tort de prendre le périphérique. Les yeux rivés sur son téléphone, Elle ne vit pas le compteur s'affoler et resta silencieuse alors qu'il pestait chaque fois qu'une voiture mettait plus d'une seconde à démarrer. Il tenta d'engager la conversation à plusieurs reprises, mais Elle n'éprouvait aucune envie de parler et enfonça ses écouteurs dans ses oreilles pour le lui faire comprendre.

« Mais qu'est-ce que je fais là ? se demanda-t-elle après qu'il l'eut déposée devant chez Diane. Pourquoi suis-je venue ? » Elle n'en savait rien. Vers 20 heures, Elle s'était souvenue que Diane fêtait son anniversaire et avait machinalement commencé à se préparer. Oubliant la fatigue, la tristesse et la culpabilité, Elle avait commandé son taxi et s'était mise en route sans réfléchir. À

présent, l'angoisse qu'avait chassée la précipitation revint la hanter. « Mais qu'est-ce que je fais là ? » répéta-t-elle à haute voix.

Songeant aux personnes déjà sur place, Elle se demanda qui Elle était susceptible de croiser. Y aurait-il beaucoup d'amis à Elle, à Lui, à eux ? Probablement. Que diraient-ils en la découvrant seule ? « Où est ton mec ? » « T'es pas venue avec ton homme ? » « Et ton jules, il veut pas nous voir ? » Oui, ils s'étonneraient tous de la voir sans lui, et il faudrait avouer la vérité, dire qu'Elle l'a quitté, et répondre aux questions qui déferleraient. « Ah ouais ? Merde ! Quand ça ? » « Ah bon ? Mais je ne savais pas que ça allait si mal entre vous. » « Tu l'as quitté, mais pourquoi ? »

« Pourquoi ? » Voilà la question qu'Elle rêvait d'éviter. Personne ne comprendrait sa réponse. Elle-même, d'ailleurs, la comprenait-elle réellement ? Non, tout n'était pas encore assez clair dans son esprit. Alors, sans se soucier de la pluie, Elle se mit à marcher, naïvement persuadée que ces pas lui permettraient de se décider à monter ou à rentrer chez Elle.

Je n'en revenais toujours pas que Diane m'ait invité à son anniversaire. Certain qu'elle ne me portait pas dans son cœur, j'avais passé la semaine à me demander ce qui avait pu l'y pousser. Se sentait-elle responsable de moi ?

Voulait-elle m'aider à remonter la pente ? Se serait-elle rendu compte que je lui plaisais ? Ou avait-elle espéré que je refuse ? Je n'en savais rien et trouvais chaque jour une nouvelle justification avant de conclure que, si Diane m'avait convié, c'est parce qu'Elle le lui avait demandé.

À coup sûr, Diane lui avait rapporté mes envies de voyages, mon souhait d'être utile, ma volonté de continuer à vivre, de m'en sortir, et Elle avait été séduite par ce tissu de mensonges. Elle pensait que j'avais changé, que j'étais devenu un homme avec qui Elle pouvait s'imaginer un futur. Bien sûr ! Diane m'avait invité pour Elle. Aussi, j'attendais cette soirée avec impatience. Nous allions enfin nous revoir, nous parler, nous embrasser et être ensemble, tout simplement. Ensemble comme avant. Ensemble comme toujours. Ce n'avait été qu'un mauvais moment à passer, une épreuve comme en subissent tous les couples et dont nous ressortirions grandis. Oui, ma vie allait reprendre son cours et j'avais hâte…

Le vendredi 23 arriva plus vite que je ne l'avais imaginé. J'aurais voulu aller chez le coiffeur, acheter une nouvelle chemise et peut-être même une paire de chaussures afin de consolider l'image d'homme battant qu'il fallait me donner, mais le temps m'avait manqué, et je choisis – inconsciemment, je crois – de porter différents vêtements qu'Elle m'avait offerts. Le pull bleu marine de notre premier Noël ensemble, le jean gris de mon dernier anniversaire et la paire de bottines marron de nos trois ans. Vêtu des vestiges de notre histoire, je me mis en route la boule au ventre et le cœur battant la chamade, prêt à en découdre avec le destin.

Dans le taxi qui me conduisait rue du Faubourg-Saint-Antoine, j'essayai d'imaginer nos retrouvailles. Me sauterait-Elle au cou ? M'ouvrirait-Elle la porte, ou laisserait-Elle à Diane le soin de m'accueillir ? Aurait-Elle peur de ma réaction ? Hésiterait-Elle au dernier moment ?

« Et si Elle n'est pas venue, pensai-je en descendant de la voiture. Et si je m'étais fait un… Non, Elle est là, Elle m'attend. Elle m'attend. »

Là-haut, on lui demanderait aussi comment il va. Question stupide à laquelle Elle ne saurait quoi dire. « Mal » ? « Je crois que ça peut aller » ? « Je ne sais pas » ? Les réponses auxquelles Elle songeait lui donnaient l'impression d'être un monstre. Un monstre, voilà, Elle allait passer pour un monstre, car personne ne comprendrait qu'Elle est venue uniquement pour Diane. Boire, fumer, danser, rire et échanger des banalités, tout ça lui semblait ridicule, inapproprié, honteux et dramatiquement dérisoire. Ces soirées lui plaisaient pourtant. Elles lui permettaient d'oublier ses angoisses, ses peurs et ses démons, de se laisser aller, de se laisser vivre. Mais ce soir, en avait-elle seulement le droit ?

Elle entamait le troisième tour du pâté de maisons lorsqu'elle arrêta de marcher. Malgré le parapluie, son manteau était trempé. L'eau s'était infiltrée à travers la laine de son caban et glaçait ses épaules. Elle avait froid, tremblait et ne se sentait plus la force d'avancer. Apercevant son reflet dans la vitrine d'un magasin, Elle se regarda, referma son parapluie et laissa l'eau ruisseler sur son visage, comme pour camoufler les larmes qui commençaient à perler aux coins de ses yeux. « Mais qu'est-ce que je fous là ? » dit-elle à haute voix avant de prendre conscience qu'Elle ne monterait pas chez Diane. Elle n'en avait aucune envie, quelque chose lui disait qu'à partir d'aujourd'hui rien ne serait plus comme avant, plus rien ne serait comme toujours. Guettant un taxi, Elle en vit un arrêté devant l'immeuble. Elle aurait pu se diriger vers le véhicule mais Elle ne voulait pas bouger ; alors Elle leva le bras. Une petite lumière rouge apparut sur le toit de la voiture, et le chauffeur vint à sa hauteur. Elle serait bientôt chez Elle.

« Elle est là, Elle m'attend. Oui, Elle m'attend. » Répétant cette phrase comme un mantra, je tentais de réunir mon courage pour monter chez Diane. J'avais attendu ce moment toute la semaine, mais maintenant que je touchais au but, quelque chose semblait me retenir. De la musique, des cris et des rires résonnaient jusque dans le hall. Intimidé par tant d'agitation, j'essayai de distinguer sa voix. L'entendre m'aurait fait un bien fou. Aussitôt apaisé, j'aurais gravi les marches quatre à quatre jusqu'au troisième étage, avant de tambouriner à la porte pour qu'on m'ouvre le plus vite possible. Mais il y avait trop de bruit et aucune voix ne ressortait plus qu'une autre. Pour l'entendre, il aurait fallu qu'on coupe la musique, que tout le monde se calme, que j'aille coller mon oreille contre la porte, et encore… Elle pouvait très bien se trouver dans une autre pièce, farfouiller dans la cuisine, raccorder son maquillage dans la salle de bains, ou m'attendre, impatiente, enfermée dans une chambre à l'autre bout de l'appartement. À moins qu'Elle ne soit pas encore arrivée, à moins qu'Elle n'ait jamais…

« Elle est là, Elle m'attend. Oui, Elle… Non, Elle n'est pas là, bien sûr qu'Elle n'est pas là. Quel abruti ! »

Brusquement frappé par ma naïveté, je saisis que, trop occupé à songer à l'image que je désirais renvoyer, j'en ai oublié qui Elle est. Une femme indépendante, qui ne demande de l'aide qu'en dernier recours et qui ne serait jamais passée par qui que ce soit pour me voir, me parler ou me transmettre un message. J'avais cru ce que j'avais envie de croire, vu ce que je voulais voir et compris ce qu'il m'était agréable de comprendre. Diane ne m'avait pas invité pour Elle, j'en étais désormais certain. Elle n'était pas là-haut mais ailleurs, probablement en train de s'amuser, de rire, de danser, de vivre, et j'aurais dû ouvrir les yeux bien plus tôt.

Dieu merci, je n'étais pas monté et, coup de chance, le taxi était encore là. L'apercevant du hall, je m'empressai de sortir pour l'attraper, mais il démarra avant même que je n'ouvre la porte. Une fois dans la rue, je regardai sur ma droite et le vis s'arrêter au premier croisement pour faire monter une jeune femme.

Digicode

Ce sont les goûts qui changent et les envies qui évoluent. La musique qu'on écoute, les livres qu'on lit et les films que l'on regarde ; la famille que l'on souhaite fonder, la solitude que l'on aimerait trouver, et la vie que l'on rêverait de mener. Les bars que l'on déserte et ceux que l'on se met à fréquenter, les endroits où l'on allait et ceux où l'on va ; le futur qu'on espère et celui que l'on imaginait, le présent qu'on ne supportait pas et le passé que l'on regrette.

Ce sont les amitiés qui se défont et les gens que l'on rencontre. L'ami à qui l'on pouvait tout confier qu'on ne croit plus, celui qu'on voyait sans cesse auquel on ne répond plus, et le frère de la veille devenu l'étranger de demain ; l'anonyme en qui l'on se reconnaît, l'inconnu qui nous blesse et celui qu'on considère comme une deuxième famille. Les discussions que l'on avait et le silence que l'on s'oppose, les promesses que l'on se faisait et toutes celles qu'on trahit ; les gens qu'on appréciait et ceux que l'on voit, la personne qu'on aimait et celle que l'on aimera.

Ce sont les rêves qui se brisent et les espoirs qui naissent. Les objectifs que l'on ne remplit pas, les buts que l'on n'atteint pas, et les chances qui nous sont refusées ; l'opportunité qui se profile, les occasions qui se présentent, et les propositions que l'on accepte. L'enfant qu'on désirait qui ne naîtra jamais, le destin qu'on croyait posséder qui nous est enlevé ; la vie dont on ne voulait pas qui nous satisfait, et l'existence qu'on cherchait à éviter pour laquelle, désormais, on se bat.

Ce sont les barrières que le temps qui passe érige entre nous. C'est la vie qui fait son œuvre et qui nous éloigne un peu plus à chaque instant. Ce sont les portes qui se verrouillent l'une après l'autre et le digicode de son immeuble qui a changé.

Elle(s)

DANS LE NOIR

Briquets, portables, cigarettes électroniques et autres gadgets, la règle était simple : tout ce qui pouvait être source de lumière devait rester au vestiaire. Contrairement au reste du groupe, je n'avais pas rechigné à abandonner mon téléphone. Que je l'aie ou pas, aucune différence ; pour mes amis en revanche, cela changeait tout. Inquiets à l'idée de manquer un appel ou de rater quelque chose d'important, ils refusaient de s'en séparer. Le déposer à l'accueil revenait à y abandonner leur vie, or si dîner dans un restaurant tenu par des aveugles et rester plongés dans l'obscurité pendant près de deux heures les amusait, se sentir coupés du monde ne les enchantait en rien. Habitués à y être reliés du matin au soir, s'en déconnecter, ne serait-ce qu'une soirée, exigeait d'eux un effort surhumain. Pour moi, c'était devenu facile, évident, car à défaut d'avoir déjà dîné dans l'obscurité, cela faisait longtemps que je vivais dans le noir.

Encouragés par Victor, dont c'était l'anniversaire, ils finirent par accepter de se plier au règlement. On nous demanda de nous ranger en file indienne. Après s'être assuré que personne ne manquait à l'appel en touchant le bras de chacun, le serveur – un non-voyant – nous conduisit dans un sas, puis jusqu'à notre table.

Passé les cris de surprise, la peur de l'inconnu et l'excitation anxieuse de la découverte, la première chose qui nous occupa fut de savoir où et à côté de qui nous étions assis. Victor nous avait demandé de jouer le jeu et de ne pas révéler notre prénom à notre voisin, aussi, je tendais l'oreille pour reconnaître des voix qui me seraient familières. Antoine et Chris devaient être relativement près de moi, je les entendais rire à ma gauche, Thomas, lui, semblait beaucoup plus loin, probablement à l'autre bout de la table ; quant à mes voisines de droite, j'ignorais si elles comptaient parmi les membres de notre groupe.

Dehors, j'avais été présenté à une dizaine de jeunes filles invitées par Victor. En les saluant, j'avais senti leur parfum et pensais qu'une fois aveugle cela me permettrait d'en deviner l'identité. Mais ma mémoire me faisait défaut et j'étais incapable de me souvenir de qui que ce soit. Mon odorat s'était pourtant décuplé et je percevais des odeurs que, voyant, je n'aurais jamais remarquées. Celle du tabac, dont tous les convives semblaient imprégnés, celle de la cire du plancher et enfin celle de la nourriture, dont je me demandais si elle était cuisinée par des aveugles. J'entendais aussi beaucoup mieux qu'à l'accoutumée et distinguais les rires gras des rires mutins, les respirations saccadées des inspirations longues et profondes, et les intonations timides de celles plus assurées, mais tous les sons semblaient émaner d'une seule et même personne et se confondaient dans un brouhaha inaudible.

L'obscurité n'agissait pas de la même façon sur tout le monde. S'en parant comme d'un masque, certains semblaient complètement désinhibés et profitaient d'être invisibles pour retomber dans les travers d'une adolescence vulgaire et provocatrice. Blagues salaces, récits scatos et jeux de mots scabreux allaient bon train ; bien que gêné pour leurs auteurs dont l'identité n'était un secret pour personne, je ris aux plus drôles. Oubliant qu'à défaut d'être vus ils étaient entendus, d'autres se confiaient à leur voisin comme s'ils étaient en tête à tête. Problèmes intimes, déceptions amoureuses, désirs inavouables et angoisses honteuses, la pudeur de ceux-là fut souvent mise à l'épreuve durant ce dîner. Sur le reste d'entre nous, le noir n'avait qu'un effet limité. Peut-être plus enthousiastes, bavards, taiseux ou renfermés qu'en temps normal, nous ne nous étions pas métamorphosés en pénétrant dans la salle et nous comportions comme à l'accoutumée, même si les bonnes manières de certains n'avaient pas résisté à l'obscurité – j'en veux pour preuve le bruit que faisait mon voisin en mâchant.

Expérience originale et gastronomique, le restaurant assurait que le noir réveillait le goût. Franchement, vu ce qu'on m'avait servi, j'aurais préféré qu'il l'endorme. Personne ne pouvant savoir ce que je laissais dans mon assiette, je ne me forçai pas et noyai la faim dans l'alcool. Le vin n'était pas meilleur parce que invisible, mais il était assez bon pour que j'aie envie de me resservir. Encore fallait-il y parvenir. Manger était facile, on piquait avec sa fourchette dans l'espoir de remonter quelque chose ;

boire, en revanche, demandait un tout autre effort. Il fallait trouver la bouteille, attraper son verre, puis garder le doigt dedans afin de s'assurer que rien ne déborde. Pas certain d'y parvenir, j'essayai en vain de mettre la main sur la bouteille et levai le bras pour héler le serveur. Réalisant la bêtise de mon geste, je sentis mes joues rougir et le baissai aussitôt.

En retombant, ma main s'était posée sur celle de ma voisine. Gênée, celle-ci avait poussé un cri de surprise, mais ne l'avait pas retirée pour autant, et sans trop savoir pourquoi, je ne réagis pas. Elle me rappelait quelque chose, quelqu'un. Quoi ? Qui ? Je n'en avais pas la moindre idée et tentais de deviner l'identité de sa propriétaire, quand soudain, je songeai qu'elle ressemblait à celle que j'avais si souvent tenue. Ces longs doigts fins, cette douceur, cette fragilité, la chaleur qui en émanait et l'emprise instantanée qu'elle avait eue sur moi, oui, cette main, c'était la Sienne. Pourtant, Elle n'était pas là, je le savais. Son parfum, l'odeur de la lessive sur ses vêtements, le son de sa voix, de son rire, de sa respiration, si Elle avait été à mes côtés, il ne m'aurait pas fallu plus d'une seconde pour le savoir, mais dans le noir, j'avais le pouvoir de la faire apparaître, et mon imagination avait choisi de l'incarner dans cette main que je me mis à caresser amoureusement.

M'enfonçant peu à peu dans les souvenirs qu'elle m'évoquait, je n'étais bientôt plus qu'une main et cinq doigts. Cinq doigts qui s'entre-croisaient à ceux d'une inconnue silencieuse, devenue subitement l'être le plus important sur Terre. Ne cherchant pas à comprendre pourquoi cette main restait dans la mienne, je la serrais de plus en plus fort. Chaque fois qu'elle me répondait par une petite pression, un regret, une douleur, une angoisse s'évanouissaient. Un pied dans le restaurant, l'autre dans le passé, j'espérais que le dîner dure assez longtemps pour que l'étreinte anonyme finisse de laver mes noirceurs, mais il touchait à sa fin. Et Victor appela le serveur pour qu'on nous escorte jusqu'à la sortie.

Le charme qui avait opéré allait se rompre. Le sentant déjà se fissurer, je tentai tant bien que mal de profiter des dernières secondes qu'il m'accordait. Mais la main mystérieuse s'apprêtait à m'échapper. Glissant sous ma paume, elle s'éloignait peu à peu. J'essayai de la retenir tant le vide qu'elle allait laisser serait grand, mais il était déjà trop tard. Ma voisine l'avait retirée d'un geste brusque pour se lever.

À peine debout, elle s'approcha de mon oreille pour y chuchoter son prénom, « Camille ». Encore plongé dans les songes qui m'avaient occupé tout au long du dîner, je me bornai à hocher la tête, oubliant qu'elle ne pouvait me voir. Pressée de quitter l'obscurité, déçue ou vexée, elle passa dans mon dos en bousculant ma chaise.

J'étais bien dans le noir, j'y avais trouvé une lumière que je refusais de quitter. Réfléchissant à l'opportunité de rester là encore un moment, je me demandais s'il était possible que l'on m'oublie… quand un serveur vint me chercher.

J'arrivai dehors le dernier. Lorsque je fis irruption dans la rue, les cigarettes étaient consumées, les téléphones rallumés et les yeux déjà réhabitués à la clarté que diffusait un lampadaire. Recouvrant la vue, je balayai l'assemblée du regard à la recherche de Camille. Qui était-elle ? J'aurais pu interroger Victor, mais je préférais essayer de la trouver seul. Était-ce la petite blonde au chemisier recouvert de taches de gras ? La jeune fille aux prises avec la fermeture Éclair de son blouson ? Celle dont l'écharpe blanche avait vraisemblablement balayé le sol pendant le dîner ?

« Camille ! » s'écria cette dernière en découvrant une auréole violette sur son pashmina.

Une grande brune vêtue d'une jupe noire, d'une chemise en jean et d'un long gilet en maille s'approcha en affichant une moue embarrassée. Alors c'était elle, Camille. Elle était belle, plus belle que je ne l'avais imaginé. Sans même noter sa silhouette mince et élégante, ou son air faussement innocent, je portai aussitôt mon attention sur ses mains. Blanches, fines, fragiles et soignées, je peinais à croire que je ne les avais jamais vues tant elles me semblaient familières. Le vin ? Un soubresaut du charme de l'obscurité ? Une envie trop forte pour y résister ? Je trouvai le courage de faire les quelques pas qui me séparaient d'elle et saisis cette main sans dire un mot. Indépendamment de sa volonté, ses doigts se refermèrent sur les miens, comme s'ils l'avaient toujours fait, comme si nos mains étaient habituées l'une à l'autre. Avait-elle entendu mon prénom plus tôt dans la soirée ? Senti mon parfum assez longtemps pour s'en souvenir ? Ou est-ce le contact de ma peau qui lui fit comprendre que la main serrée dans la sienne était celle qui, durant une heure, ne l'avait pas quittée ? Peu importe, car à défaut de comprendre ce qu'elle représentait pour moi, elle avait compris qui j'étais.

La lueur d'un spot inondait son visage et, si je l'avais souhaité, j'aurais pu apprécier son sourire coquin, ses pommettes saillantes et son petit nez en trompette, mais je choisis de ne pas le faire. Je ne tenais pas à la connaître et la regardais sans vraiment la voir, alors que ses yeux passaient de mon nez à ma bouche, puis de mon front à mes sourcils, comme pour s'assurer que je correspondais à ses standards esthétiques. C'était visiblement le cas puisqu'elle se blottit contre moi avant de me proposer d'aller chez elle. Mes jambes répondirent à la place de ma bouche et je me mis à marcher en direction de la station de taxis. Sans un mot pour Victor, Antoine ou Thomas, je lui ouvris la porte de la première voiture et entrai à mon tour. Elle donna l'adresse au chauffeur, et je l'embrassai pour ne pas que sa voix vienne troubler mon imagination.

Les appliques au plafond, les phares des voitures se reflétant sur le bow-window du salon, les lampes halogènes disposées de part et d'autre de la cheminée, l'appartement de Camille n'était que lumière. En y entrant, j'avais été ébloui par la clarté qui y régnait ; elle s'était empressée d'éteindre le plafonnier, mais ce n'était pas assez. Je voulais qu'il y fasse noir, noir comme dans le restaurant. Je le lui suggérai alors qu'elle était déjà en train de se déshabiller.

« Je ne te plais pas ? dit-elle. Tu ne veux pas me voir ?

— Si, si. Mais allons dans ta chambre, on sera mieux. »

Comme je l'avais espéré, la pièce était plus sombre. Je ne lui laissai pas le temps d'allumer les lampes de chevet et m'assis sur le lit où elle s'était déjà allongée pour retirer sa jupe. Nu le premier, je l'aidai à enlever sa chemise, l'embrassai, puis la pénétrai lentement. Avant de prendre ses mains dans les miennes et de fermer les yeux pour La retrouver.

Long métrage

SCÈNE 6 – APPARTEMENT – INT. NUIT

C'est chez Elle qu'aurait lieu la sixième scène. Dans l'appartement qu'elle occupe avec ses parents, un vendredi soir de juin, le 10, pour être exact. Elle y organise une soirée pour fêter la fin des partiels et a convié une bonne partie de sa petite promotion. Nombreux ont répondu présents mais, aussi populaire qu'habituée à recevoir, l'idée d'accueillir près de quarante personnes ne lui fait pas peur.

L'action s'ouvrirait au moment de l'arrivée du personnage principal qui, loin d'être le premier, se présenterait aux alentours de 23 heures.

Cela fait désormais près de sept mois qu'il est amoureux d'Elle. Sept longs mois pendant lesquels il n'a cessé d'essayer de le lui faire comprendre. Il lui téléphone souvent, la complimente chaque fois qu'il la voit, l'invite régulièrement à déjeuner, et un matin, alors qu'ils étaient assis devant la fac, il lui a même demandé de l'embrasser. Malgré son sourire malicieux, il était très sérieux. Elle ne l'a pas vu de cet œil-là et s'est bornée à déposer ses lèvres sur sa joue avant de filer en cours. Oui, il a essayé. Mal, sûrement, mais il a essayé. Il aurait pu s'y prendre autrement et avouer ses sentiments tout simplement, mais il n'en a pas eu le courage. Il a peur. Peur de la perdre. Il l'aime et préfère encore l'avoir pour amie que de ne pas l'avoir du tout. Trop tard à présent. Dans deux jours, Elle s'envole pour l'Afrique du Sud, et ce soir, c'est probablement la dernière fois qu'ils se voient avant septembre.

Une fois sur le palier, on entendrait les conversations qui se tiennent dans le salon, les cris que poussent les invités les plus éméchés, et puis la musique, bien sûr. Jouée à plein volume, elle résonne jusqu'au rez-de-chaussée et aiguille ceux qui viennent pour la première fois. Lui n'en a pas eu besoin. Il connaît l'étage, le code, et malgré l'état d'ébriété dans lequel il a pris l'habitude de quitter cet appartement, il serait presque capable d'en dessiner les plans.

Debout derrière la porte, on le verrait se recoiffer, puis sonner, bizarrement inquiet. Son cœur ne ferait qu'un bond en entendant le son des pas qui claquent sur le parquet. C'est idiot, il l'a pourtant déjà vue des dizaines et des dizaines de fois, mais ce soir tout lui semble différent. À vrai dire, c'est d'autant plus stupide que ce n'est pas Elle qui viendrait lui ouvrir, mais l'un de ses amis. Déjà bien entamé, ce dernier lui sauterait au cou avant de le précéder à la cuisine où leur petite bande est réunie.

Se faufilant dans l'entrebâillement de la porte qui se referme, la caméra nous conduirait d'abord dans le salon. Épicentre de la fête, les gens dansent, boivent et chantent. On irait ensuite dans la salle de bains, où un petit groupe a eu la bonne idée de se cloîtrer pour s'enfumer ; puis dans la chambre principale, où quatre jeunes filles se confient leurs problèmes de cœur, et enfin, dans la cuisine.

Assis sur le plan de travail, notre héros écoute d'une oreille distraite sa voisine, une petite brune bavarde qui n'a pas conscience qu'une conversation ne relève pas du monologue. Cherchant un moyen de lui échapper, il prétexterait avoir besoin de la maîtresse de maison pour filer. On le filmerait traverser l'entrée où il s'arrêterait pour saluer les nouveaux venus, puis se frayer un chemin jusqu'au salon et sauter sur le canapé qui vient de se libérer.

La caméra, suivant son regard, nous montrerait ce qu'il voit : une fête comme toutes les autres. On s'amuse, on se chamaille, on rit. La table basse est recouverte de bouteilles à moitié pleines, les cendriers débordent et il y a des verres sur tous les meubles. Devant ses yeux, les gens vont et viennent, s'arrêtent puis repartent, parlent puis se taisent. Tout va très vite, puis tout s'arrête. Elle vient de faire irruption dans la pièce.

Maniant l'art de recevoir à la perfection, Elle passe de groupe en groupe, échange un mot avec chacun, danse quelques instants, boit un verre dont elle n'a pas envie, tire sur un joint alors qu'elle vient d'éteindre le sien, puis s'assied, juste là, à gauche du piano. Il essaie d'être discret mais la regarde, l'air amoureux. L'assemblée, ivre, ne remarque rien, pourtant c'est évident, il l'aime. Le spectateur, lui, ne s'y trompe pas. Éteint et vide, son regard s'est éclairé en la voyant arriver, et c'est avec un sourire un peu béat qu'il l'observe. Elle est belle et il aimerait pouvoir la regarder pendant des heures, malheureusement on vient de s'asseoir à côté de lui et il est obligé de détourner son attention. Accaparé par son voisin qui lui parle de projets d'avenir dont lui n'a rien à faire, il ne la verrait pas quitter la pièce. Au moment de remarquer son absence, son visage se refermerait brusquement, son sourire poli disparaîtrait et il cesserait aussitôt de faire le moindre effort.

Deux heures plus tard, étourdi par l'alcool, il déciderait de rentrer. Nous le verrions marcher lentement vers la sortie, dire au revoir à quelques camarades, puis s'arrêter devant la porte où Elle viendrait le saluer. Face à Elle, il serait parcouru d'un frisson désagréable et retrouverait aussitôt ses moyens. Ne lui laissant pas le temps de dire quoi que ce soit, il demanderait à lui parler.

« Qu'est-ce qu'il y a ? Ça ne va pas ?

— Si, mais il faut que je te dise quelque chose.

— C'est grave ?

— Assez.

— T'es homosexuel, c'est ça ?

— Non, justement.

— Viens, allons sur le palier, on sera plus tranquilles. Alors, qu'est-ce qu'il y a ? demanderait-elle, une fois adossée contre la porte.

— Il faut que… que je… que je t'avoue quelque chose. Je suis… je… je suis amoureux de toi depuis sept mois.

— Quoi ?

— Je suis amoureux de toi. Je suis amoureux de toi depuis sept mois. »

Elle n'en reviendrait pas, ne saurait pas quoi dire et agiterait ses bras dans tous les sens. Abasourdie par une nouvelle qui n'aurait pas dû la surprendre, elle bredouillerait quelques mots incompréhensibles puis lui demanderait :

« C'est vrai ?

— Oui. C'est vrai. »

N'osant parler, il la regarderait gesticuler, hésiterait à s'excuser et penserait sérieusement à filer, mais Elle ne lui en laisserait pas le temps. S'approchant de lui, Elle pencherait la tête et l'embrasserait.

À cet instant, la caméra se mettrait à tourner autour d'eux de plus en plus vite, de sorte que l'arrière-plan soit flou et qu'ils apparaissent seuls à l'écran. Elle les suivrait ensuite jusque dans la rue, où ils s'embrasseraient de nouveau. Timidement d'abord, puis aussi naturellement que s'ils avaient toujours été ensemble. On les verrait se prendre dans les bras, promettre de se voir le lendemain, et se dire au revoir, tristes de se quitter, mais si heureux de s'être trouvés. Au septième ciel, il la regarderait regagner son immeuble, grimperait sur son scooter et démarrerait en criant. N'ayant que faire des passants qui le regardent, ou des voitures qui s'arrêtent pour l'observer, il donnerait de la voix sur tout le trajet. Il en a besoin, il faut que ça sorte. Fou de joie, il le serait probablement encore plus s'il savait que ce soir-là naissait sa première histoire d'amour…

Une toile à Montparnasse

C'est peut-être lors du film que nous sommes allés voir à Montparnasse que c'est arrivé. Lors de notre séance rituelle du mardi soir.

L'habitude nous avait pris très tôt d'aller au cinéma ensemble. Une fois par mois, deux, trois, puis assez régulièrement pour nous offrir une carte d'abonnement. J'avais insisté pour la garder dans mon portefeuille, trop heureux d'avoir quelque chose qui nous appartienne à tous les deux. Quand mes yeux se posaient dessus, je souriais en songeant à la promesse d'avenir qu'elle me paraissait avoir scellée. Aussi cinéphiles l'un que l'autre, nous n'en avions pas moins des goûts très différents. Elle ne jurait que par les films italiens, et m'emmenait souvent les découvrir dans des salles qui les projetaient en VO. Bien sûr, dans ces cinémas, la carte ne fonctionnait pas, alors Elle payait nos places en me faisant croire que l'abonnement était valable, comme moi lorsque je la traînais revoir les classiques de la Nouvelle Vague au Mac-Mahon.

Peu nous importait que le film choisi soit acclamé par le public ou assassiné par la critique, récent ou d'une autre époque, indépendant ou à gros budget, seule comptait la personnalité des héros. Car dès que nous sortions du cinéma, nous nous amusions à rentrer dans leur peau. Rejouant à notre manière les scènes qui nous avaient plu, nous nous permettions de faire ce qu'étant nous-mêmes nous n'aurions jamais eu le courage de faire.

Le personnage principal était un homme bourru, violent, vulgaire ? J'empruntais ses meilleures répliques, devenais misogyne et ponctuais chaque phrase d'un « putain » bien senti. L'héroïne était une femme sans cœur, une mangeuse d'hommes, une espèce de veuve noire ? Elle refusait que je lui prenne la main et se moquait de la niaiserie de mes sentiments avant de m'attirer dans sa toile pour satisfaire ses désirs. L'action se déroulait aux États-Unis, à la fin des années 60 ? Sur le chemin du retour, nous apercevions des publicités pour cigarettes peintes à même la façade en brique des immeubles, des Cadillac rutilantes et des hordes de hippies sous LSD en train de manifester contre la guerre au Vietnam. Encore plongés dans l'intrigue, nous n'étions plus à Paris, mais à Chicago, dans la vallée de la Mort ou à Los Angeles. Nous nous arrêtions dans un *speakeasy* qui servait de l'alcool malgré la prohibition ; à Zabriskie Point pour contempler l'immensité brûlante du désert, ou sur la Cienega Boulevard pour nous mêler aux bandes d'étudiants tout droit échappées d'*American Graffiti*. Confondant les films et les époques, Elle se prenait pour Holly Golightly, utilisait un fume-cigarette et appelait son chat « *cat* », tandis que je tentais d'imiter Antoine Doisnel ; se croyait dans la *Dolce Vita*, tandis que je m'imaginais dans *Belle de jour*, et nous nous lancions dans de longs dialogues incohérents qui se terminaient toujours au même endroit, sur son lit, où, emportés par le plaisir, nous redevenions nous-mêmes.

Ce mardi-là, nous travaillions tous les deux et nous étions donné rendez-vous directement devant le cinéma. Le temps estival ? L'heure tardive ? La mauvaise presse du film ? La salle était déserte et nous nous assîmes au beau milieu, un immense pot de pop-corn entre les genoux, une bouteille d'eau pétillante pour Elle, un Coca light pour moi, fin prêts à profiter de notre séance hebdomadaire. Je craignais que le film qu'Elle avait choisi ne soit ennuyeux, Dieu merci il ne l'était pas, et je passai la séance à songer à la manière dont je pourrais imiter le héros une fois dehors. Une demi-heure avant la fin, le couple à l'écran sombra lentement dans la drogue. Fasciné par cette descente aux enfers inattendue, je ne sentis pas sa main serrer la mienne de plus en plus fort, et il fallut qu'Elle étouffe un petit cri pour que je me tourne. Inquiet, je lui demandai ce qui n'allait pas. En guise de réponse, Elle pointa l'écran. On y voyait le héros se faire un garrot, préparer une seringue et s'apprêter à se piquer l'avant-bras. Me souvenant de sa phobie des piqûres, j'essayai de la rassurer, mais lorsque la caméra zooma sur les veines saillantes du personnage principal, Elle se leva et me dit : « Je ne peux pas. Je ne peux pas. Je t'attends dehors. » Je tentai de la retenir, mais Elle ne voulait rien entendre. « Je ne peux pas ! Je ne peux vraiment pas. Reste. Je t'attends dehors, on ira dîner après. »

En temps normal, je ne me serais pas posé de question et l'aurais suivie sans broncher, mais j'étais pris par le film. Il fallait que je sache comment il se terminait, que je comprenne pourquoi les héros avaient brusquement choisi de brûler la chandelle par les deux bouts, et surtout, s'ils finissaient ensemble. Aussi, influencé par leur penchant pour l'autodestruction, je la laissai partir sans lui adresser un regard, car je n'étais plus assis dans la salle mais sur le rebord d'une baignoire, la manche de ma chemise relevée, prêt à me shooter.

Une demi-heure plus tard, dans la rue, je la cherchai en vain. Ne la trouvant pas, je pris mon téléphone pour l'appeler et vis qu'Elle m'avait envoyé un message. « *Suis rentrée. Épuisée… On se parle demain. Love.* » Je lui téléphonai aussitôt, mais son portable était éteint. Ne sachant quoi dire, je raccrochai en entendant sa messagerie et me demandai si je ne m'étais pas laissé prendre à mon propre jeu.

Oui, c'est peut-être là que tout a commencé. Ou plutôt, que tout s'est arrêté.

Et si j'étais sorti en même temps qu'Elle…

Rhétorique du subconscient

ACTE V. À GENOUX

« Eh bah ! Si j'avais su qu'un jour tu… Non, sérieusement ? T'en es réduit à ça ? Toi ? Toi qui m'as toujours dit que c'était pour les faibles ?

— Que quoi était pour les faibles ?

— La religion, la prière, et toutes ces bondieuseries de mes deux ! T'es quand même pas devenu croyant ? Pas toi !

— Ça te pose un problème ?

— Que tu sois aussi lâche ? Oui.

— Je suis lâche ? Parce qu'il m'arrive de prier ?

— Parce que tu te mets à genoux pour demander la lune à un connard qui n'a jamais répondu à personne et que tu es prêt à lui promettre n'importe quoi pour qu'il exauce tes prières, voilà pourquoi. Ressaisis-toi, merde ! Sois un homme !

— Parce que je ne suis pas un homme peut-être ?

— Non ! T'es une putain de mauviette, mec ! Un homme ne se met pas à genoux quand il a un problème. Il prend son courage à deux mains et il se bat pour ce qu'il veut, il ne demande pas au ciel de le lui donner. Non mais, franchement ? Tu crois que ça va la faire revenir ?

— Je ne prie pas pour qu'Elle revienne.

— Non, bien sûr que non. Tu pries pour qu'Elle s'éloigne…

— Je prie parce que j'ai mal, t'entends ? Mal à en crever. Et que ça m'apaise.

— Mais bordel ! La religion est un garde-fou inventé pour contenir la masse, pour venir en aide aux lâches, aux faibles, à ceux qui n'ont pas le courage de lutter. Si Elle te voyait… Tu crois que ça la séduirait de savoir que tu es devenu un lâche, un faible, un con ?

— Un con ? Si la religion, c'était pour les cons, mon vieux, tu serais croyant depuis des plombes… »

On baise ou on parle ?

5

« Mais qu'est-ce que ça peut te faire ?

— D'avoir l'impression d'être devenu l'homme dont elle avait envie ? Ça ne t'ennuierait pas, toi ?

— Non. Moi, si un mec ne veut pas de moi, je ne me prends pas la tête.

— Tu verras…

— Je verrai, ouais. En attendant, c'est toi qui ferais bien d'ouvrir les yeux. Et puis qu'est-ce qui te fait croire que t'es devenu cet homme-là ?

— J'ai changé. Je ne suis plus le même, enfin… je suis toujours moi, mais différemment. J'ai… j'ai évolué. Ce qui me faisait peur ne me fait plus peur, ce qui m'angoissait ne m'angoisse plus, et puis j'ai… j'ai envie de vivre.

— Et avant, t'en avais pas envie ? Pas étonnant qu'elle t'ait…

— Évidemment que j'avais envie de vivre. Mais différemment. J'avais tendance à m'enfermer.

— Et aujourd'hui ?

— Aujourd'hui j'ai envie de sortir de ma bulle, de vivre. Pleinement.

— Et tu penses que c'est ce qu'elle cherche chez un homme ?

— Je ne sais pas, je ne la connais plus. Mais c'est ce qu'elle espérait trouver à l'époque. Enfin, de toute façon il est trop tard. Il aurait fallu que je change plus tôt, beaucoup plus tôt.

— Attends, attends. Vous avez été combien de temps ensemble ?

— Un peu plus de quatre ans.

— Et tu penses sérieusement qu'elle serait restée aussi longtemps avec toi si tu n'étais pas le mec dont elle avait envie ?

— Je ne le pense pas, je le sais. C'est un peu comme toi et moi.

— Comment ça ?

— Je n'étais pas l'homme dont elle avait envie, j'étais celui dont elle avait besoin. »

Quand tout va encore bien alors que ça va déjà mal

C'est quelque chose de particulier. Quelque chose dont on ne peut se rendre compte qu'après coup. Quelque chose de douloureux, qui me pousse à remettre en question les derniers jours, semaines et mois passés ensemble. Quelque chose qui a duré.

Combien de temps ? Je l'ignore. Un moment, sans doute. Un long moment.

Un long moment trop rapide. Un long moment que j'aurais aimé voir se prolonger. Un long moment pendant lequel j'ai cru que rien n'avait changé alors que tout était déjà différent. Un long moment où tout me paraissait vrai alors que tout sonnait faux. Un long moment qui n'était qu'un mirage, une illusion.

Une illusion qui m'a fait croire que tout était encore possible alors que les jeux étaient faits. Une illusion qui m'a préservé pour mieux m'achever. Une illusion que je ne demandais qu'à gober, mais qu'il aurait mieux valu ne pas regarder. Une illusion qui m'a rendu aveugle et a dissimulé la réalité.

La réalité à venir qui existait déjà. La réalité qu'Elle connaissait, mais dont je n'avais pas conscience. La réalité qu'Elle finirait par m'avouer, mais dont Elle n'osait parler. La réalité qui continuait de lui faire peur, mais qu'Elle avait déjà acceptée. La réalité qu'Elle redoutait et qui l'a forcée à faire semblant.

Semblant d'être encore amoureuse alors qu'Elle ne l'était plus.

Oui, c'est un mensonge particulier. Un mensonge dont on ne se rend compte qu'après coup. Un mensonge douloureux. Un mensonge qui me pousse à remettre en question les derniers jours, semaines et mois passés ensemble. Un mensonge qui s'est éternisé.

Ce sera

Ce sera devant une crèche, un collège ou une école. Un matin d'été, un soir d'hiver, ou un mardi pluvieux de mars, à l'heure du déjeuner. Elle sera avec son mari, en compagnie d'une amie qui rêve d'être maman, ou seule. Elle patientera dans sa voiture, à l'abri ; fera les cent pas sur le trottoir, inquiète à l'idée d'être en retard à son prochain rendez-vous ; ou attendra tranquillement, adossée à une barrière, que sa fille, ses deux garçons, ou son jeune fils soit enfin libéré.

Il sortira le premier et lui sautera dans les bras ; le dernier, à contrecœur, déçu de quitter ses camarades ; ou en même temps que ses nombreux amis, qu'il lui présentera fièrement. Il accueillera ses baisers avec un plaisir sincère ; refusera de l'embrasser, persuadé à tort que sa réputation en pâtirait ; ou attrapera sa main avec soulagement, car tenir cette main, c'est déjà être à la maison.

Elle le fera monter à l'avant de sa voiture et démarrera en trombe avant même qu'il n'ait eu le temps de s'attacher ; l'installera sur ses épaules et gambadera gaiement jusqu'à l'arrêt de bus ; ou le laissera jouer avec ses camarades qui attendent encore leur nounou, leur grand frère, ou leurs parents.

Je passerai là par hasard, j'aurai une réunion dans le quartier, ou je serai simplement en retard pour aller chercher ma fille, mon neveu, ou ma filleule. Je ne la verrai pas et continuerai ma route ; je la reconnaîtrai aussitôt, mais ferai comme si de rien n'était ; ou je la croiserai alors qu'Elle remontera la rue bras dessus bras dessous avec son garçon.

Nous nous regarderons, mais ne nous dirons rien ; nous nous sourirons tels deux amis qui partagent un secret connu d'eux seuls, mais ne nous arrêterons pas ; ou nous nous saluerons gauchement, gênés de nous retrouver brusquement confrontés au passé.

La petite fille que je tiendrai par la main me demandera : « C'est qui ? Eh ! Dis, c'est qui ? » à moins que ce ne soit son fils qui se tourne vers elle, le regard inquisiteur, l'air de dire : « Qui est ce monsieur ? » Je ne saurai quoi répondre, et elle prendra les devants en me présentant comme un vieil ami, un camarade de fac, ou comme un garçon qu'elle a connu il y a longtemps.

Que serai-je pour Elle une fois devenue la mère qu'elle rêvait d'être ?

Long métrage

SCÈNE 7 – ASCENSEUR – INT. JOUR

La septième scène se déroulerait dans un ascenseur, un dimanche d'octobre, en fin d'après-midi.

Quelque chose a changé chez nos héros. Ils ont perdu leurs traits d'adolescents, leur expression naïve, et peut-être même leur insouciance. Ils semblent plus calmes, paraissent plus adultes, et ont le visage quelque peu marqué par les années. Oui, ils ont vieilli. Cela fait désormais plus de quatre ans qu'ils sont ensemble, et qu'il s'en est passé, en quatre ans…

Il y a eu de la joie, beaucoup de joie, du bonheur, de la passion et de la tendresse, des disputes bien sûr, des angoisses, des regrets, mais aussi de la tristesse et un soupçon de culpabilité.

La scène s'ouvrirait en même temps que les portes coulissantes de l'ascenseur. On les verrait y entrer l'un après l'autre, se jeter un regard dans le miroir, puis appuyer sur le bouton « zéro ». Malgré la vétusté de l'appareil, il ne leur faudrait pas longtemps pour rallier le rez-de-chaussée. Dans une minute, ils seront en bas, dans le hall de cet immeuble où ils se sont si souvent retrouvés. Cette petite minute, nous allons la prolonger, et profiter de leur descente pour retracer l'histoire.

On commencerait par les représenter quatre ans et demi plus tôt, à leurs débuts. Encore timides et soucieux de se montrer sous leur meilleur jour, ils appréhendaient chaque rencontre. Il l'attendait devant chez Elle, la boule au ventre, mort d'inquiétude à l'idée de la voir ; Elle prenait son temps pour descendre, se regardait trois fois dans la glace, se recoiffait autant de fois et s'arrêtait devant la porte pour ajuster son T-shirt ou sa robe avant de sortir. Ils avaient peur. Peur parce qu'ils s'aimaient, mais les frissons qui les parcouraient étaient très agréables. Quand ils se retrouvaient enfin, il faisait mine de ne pas l'avoir vue arriver ; Elle ne regardait pas dans sa direction avant d'y être obligée, puis ils s'embrassaient, chaque fois comme si c'était la première, chaque fois comme si c'était la dernière.

Une fois au quatrième étage, après un plan rapide dans le présent, on passerait à l'année suivante. Ils se connaissent maintenant par cœur, sont capables de se comprendre sans échanger le moindre mot, et il leur suffit d'un regard pour savoir à quoi ils pensent. C'est un couple, un vrai. Un couple qui va devoir passer trois mois sans se voir car Elle part travailler pour une galerie à l'étranger. Le flash-back les montrerait en train de se dire au revoir, les larmes aux yeux et le cœur serré, puis se retrouver, se prendre dans les bras, et rester ainsi un long moment pour se sentir l'un l'autre et s'assurer qu'ils sont bien là.

Troisième étage, troisième année. Eh oui, déjà trois ans qu'il lui a déclaré sa flamme et qu'Elle l'a embrassé. Trois ans qui se sont écoulés à une vitesse folle et qui les ont vus se créer une vie, une routine et des habitudes. Ils ont leurs lieux phares, le café du boulevard Montparnasse, le petit restaurant à côté de chez Elle, puis la maison de Normandie où il leur arrive de passer le week-end. C'est peut-être là d'ailleurs que devrait être tourné ce flash-back. On les verrait allongés dans l'herbe, assis dans le jardin, puis dans le lit qu'ils partagent dans la chambre du premier. Ce lit, ce n'est plus le sien, mais le leur désormais. Ils y ont chacun un côté, Elle à gauche, Lui à droite, tout comme ils ont chacun une vie. Une vie qu'ils ont ouverte à l'autre, qu'ils partagent et qu'ils ne sont plus capables de vivre seuls.

Le dernier flash-back différerait des précédents puisqu'on ne les verrait pas ensemble, mais séparément. Elle avec ses amis, Lui avec les siens, Elle à une soirée, Lui à une autre, Elle à l'étranger et Lui à Paris. Ils se sont éloignés. Pas beaucoup, mais juste assez pour que tout soit différent. Pourtant, rien n'a changé. Ils ont les mêmes habitudes, vont aux mêmes endroits et ont de nouveau survécu à trois mois l'un sans l'autre. Ah, qu'il était heureux quand Elle est rentrée. Très heureux, trop peut-être pour réaliser qu'Elle n'est jamais vraiment revenue de ce séjour.

De retour dans le présent, c'est la mine grave et l'air éteint que nous retrouverions nos héros. Ils viennent pourtant de rire en remarquant les innombrables fautes d'orthographe faites par le gardien sur le mot accroché à la paroi, mais le cœur n'y est pas. Il faut dire qu'il y a quelques jours Elle lui a annoncé qu'Elle ne savait plus si Elle l'aimait. Ça l'a anéanti, et depuis, il n'est plus tout à fait le même. S'il l'était, il aurait sûrement eu conscience des frissons qui l'ont parcouru au moment de se rendre chez Elle. C'étaient les mêmes qu'à leur début…

Arrivés au rez-de-chaussée, nous les verrions traverser le hall en silence, ouvrir la lourde porte de l'immeuble, puis s'arrêter juste devant, sur le trottoir. Ils échangeraient quelques mots que nous n'entendrions pas, puis se diraient au revoir comme ils l'ont toujours fait, en s'embrassant.

Elle partirait la première et il la suivrait du regard jusqu'à ce qu'elle tourne au croisement, puis il marcherait lentement vers son scooter, rassuré par cet après-midi passé avec Elle. Sans se douter une seule seconde qu'il vient de la voir pour la dernière fois.

On baise ou on parle ?

6

« Ah ouais ? Je ne savais pas que t'écrivais.

— Tu croyais que je faisais quoi ?

— Je ne sais pas. Je ne me suis pas posé la question. Et, ton livre, tu penses le finir bientôt ?

— Je pourrais, mais je ne suis pas sûr d'en avoir envie. Enfin, j'en ai envie mais j'ai peur.

— Peur ? De quoi ? Que ça ne plaise pas ?

— Non. Peur de l'après. Peur, parce que mettre le mot "fin" à ce roman, c'est mettre le mot "fin" à mon histoire. Aujourd'hui, elle subsiste grâce à l'écriture, mais après ? Après elle n'existera plus, et ça, je ne sais pas si je suis capable de le supporter.

— T'as pas envie que les gens le lisent ?

— Je n'en sais rien. Je me donne quand même en pâture dans ce bouquin. Et puis à la base, l'idée était seulement de la perdre un peu moins. Enfin, il faudrait déjà que je le termine.

— Tu bloques ?

— Un peu, et puis j'hésite à dire certaines choses.

— Lesquelles ?

— Celles que je te raconte. C'est quand même très personnel ce que je te dis, non ?

— Tu parles de moi ?

— Ça t'ennuie ?

— Tu fais ce que tu veux.

— Donc tu ne t'appelles pas vraiment Anastasia.

— Avec toi, si.

— De toute façon ce n'est pas une autobiographie, tu sais. C'est un roman. Enfin un roman… c'est un cri.

— Un cri ?

— Deux, même. Un cri d'amour et un cri de détresse. Ou un double meurtre si tu préfères, le sien, le mien.

— Et si tu cries, tu ne crois pas que c'est pour être entendu ?

— Entendu par qui ?

— Par les lecteurs, par le public…

— OK, je vois où tu veux en venir.

— Hein ?

— Tu penses que je l'ai écrit pour la faire revenir, c'est ça ?

— Et toi, t'en penses quoi ? »

Elle & Lui

IVRESSE DE LA MÉTAMORPHOSE

Au fur et à mesure que les mois passaient, Elle pensait de moins en moins à Lui. Les terreurs nocturnes, l'insomnie et les crises d'angoisse que lui causait le fait de se demander s'il allait remonter la pente étaient reléguées au rang de souvenirs.

Les premiers mois qui avaient suivi leur rupture, Elle s'était interdit de penser à Lui, à Eux et à leur histoire. Amnésie volontaire, Elle avait tiré un trait sur les quatre années qui venaient de s'écouler et en était arrivée à confondre certains événements avec d'autres. Avait-Elle fait telle ou telle chose avec Lui ? Seule ? Avant de l'avoir rencontré ? Après ? Elle n'en était plus certaine.

Se remémorer leur vie ensemble présentait un trop grand risque. Qui sait si, à la lumière de certains souvenirs heureux, l'envie ne lui aurait pas pris de revenir ? Revenir, Elle voulait l'éviter à tout prix, car Elle le savait, Elle ne serait jamais certaine d'être capable de rester. Alors, Elle avait tout fait pour oublier mais Elle continuait d'être hantée par son fantôme. Son téléphone sonnait ? Elle était persuadée que c'était lui. On frappait à la porte ? Elle le croyait derrière, un bouquet de fleurs dans les mains. On demandait à lui parler ? Elle le savait, c'était en rapport avec lui. Ce n'était jamais le cas, mais pendant plusieurs semaines, son cœur s'emballa à chaque sonnerie.

Elle ne le dit à personne et ne se l'avoua d'ailleurs qu'à demi-mot, mais il lui arriva quelquefois de douter de son choix. Pas assez pour revenir, mais suffisamment pour avoir envie de l'appeler. Une réplique de film, une phrase lue dans un livre, une blague ou un bon mot entendu au hasard de l'une de ses promenades, quelque chose lui avait fait penser à Lui, et Elle avait machinalement pris son téléphone et composé son numéro avant de réaliser ce qu'Elle faisait. Lorsque cela se produisait, qu'Elle soit seule ou en société, Elle étouffait toujours un éclat de rire gêné, histoire de masquer son désarroi. Il lui manquait. Elle ne regrettait ni son corps, ni son cœur, ni même son amour, mais sa compagnie, ses avis et ses jugements. C'est à Lui qu'Elle aurait voulu demander comment vivre après une rupture. À Lui qu'Elle aurait souhaité raconter ses aventures.

À Lui, enfin, à qui Elle aurait aimé pouvoir demander conseil. Chaque fois qu'un événement nouveau survenait, qu'Elle apprenait une nouvelle, bonne ou mauvaise, ou qu'il lui arrivait quelque chose, Elle s'étonnait de ne pouvoir l'appeler. Qu'il ne soit pas au courant de ce qu'il se passait dans sa vie lui paraissait surréaliste.

Pour apprendre à vivre sans Lui, Elle n'avait pas trouvé meilleure solution que de l'effacer de sa mémoire, or cela passait aussi par le fait d'effectuer un tri parmi ses amis. Diane et bon nombre de proches associés à sa rupture étaient involontairement devenus les reliques d'un passé à fuir. Capable de se priver de leur compagnie, Elle choisit de ne plus les voir qu'en de rares occasions et se lia d'amitié avec des gens qui ne le connaissaient pas. Pour eux, il n'existait pas et, grâce à leur présence, il cessa d'exister pour Elle. Ainsi délestée du poids de sa décision, de la honte qu'elle lui inspirait et du chagrin qu'elle lui causait, Elle reprit goût à l'existence.

Sa vie, Elle était enfin libre de pouvoir en faire ce qu'Elle voulait, car bien qu'il l'ait toujours soutenue dans ses choix et ne lui ait jamais interdit quoi que ce soit, son regard l'avait emprisonnée dans un rôle qu'Elle ne voulait plus tenir. Au fil des années, ses yeux étaient devenus un miroir capable de ne refléter qu'une image. Une image fixée dans le temps sur laquelle Elle ne se recon-

naissait plus. En réalité, avec Lui, Elle ne pouvait être qu'Elle-même, or Elle voulait changer, peut-être parce que ce n'est pas Lui qu'Elle avait cessé d'aimer, mais Elle.

Ne se voyant plus par rapport et à travers Lui, Elle s'autorisa à renier ses habitudes, transforma son caractère et se força à faire ce qu'en sa compagnie Elle ne se serait jamais cru capable d'oser. Elle était timide et trop souvent enfantine ? Elle allait prendre confiance en Elle, devenir une femme, une vraie, et se comporter comme telle. Elle préférait recevoir dans le confort de son appartement plutôt que sortir ? Elle passerait désormais ses week-ends dehors, en boîte ou ailleurs, peu importe. Elle n'avait jamais eu de coup d'un soir ? Pourquoi ne suivrait-elle pas un inconnu chez lui ?

Décider de se réinventer ne lui avait demandé aucun effort, le faire, en revanche, se révéla plus difficile qu'Elle ne l'avait imaginé. À prendre pour modèles des femmes aussi différentes qu'opposées, Elle finit par oublier qui Elle était vraiment. Perdue, Elle réussit néanmoins à sauver les apparences auprès de ses proches, mais, en se regardant dans la glace, Elle était incapable de se reconnaître. Qui était-Elle ? Elle l'ignorait et se rattachait tantôt à un passé devenu fictif, tantôt à un futur espéré, rassurant et prometteur. Subissant le choc de sa rupture a posteriori, *Elle chercha en vain les raisons de son mal-être et revint lentement vers Diane qui, depuis l'enfance, l'avait toujours aidée à se comprendre.*

Le hasard voulut que, la veille de leurs retrouvailles, Elle rêvât de Lui. Ce n'était pas arrivé depuis des mois, et les souvenirs qu'Elle avait tant bien que mal réussi à emprisonner refirent surface. Balayant sa chambre du regard, Elle vit les appliques contre lesquelles il s'était si souvent cogné, le petit singe en peluche qu'il pressait entre ses mains pour faire retentir le cri strident de la bête enregistré dans le haut-parleur de la doublure, et même une statuette qu'il lui avait rapportée d'un voyage. Au moment de descendre ses cadeaux à la cave, Elle l'avait oubliée, et la voir, là, posée sur sa commode, juste en face de son lit, lui permit de réaliser son erreur. Elle avait voulu changer et tirer un trait sur toute une partie de sa vie, mais pour devenir une femme, une « vraie femme », il fallait d'abord qu'Elle accepte son passé et qu'Elle cesse de se renier. Quelque part, en le comprenant, Elle venait de le faire.

Dans un état second, en s'habillant, Elle choisit inconsciemment de ne porter que des vêtements qu'il connaissait. Elle ne les avait pas mis depuis leur rupture, mais aujourd'hui, Elle le pouvait, car à présent, ils n'étaient plus associés ni à Lui ni à son souvenir. Non, ce pull, ce jean et cette paire de baskets achetées ensemble à Rome ne signifiaient plus rien.

En l'apercevant assise à la terrasse du restaurant où elles avaient prévu de se retrouver, Diane comprit que sa meilleure amie était de retour. C'était Elle, pas un personnage, Elle et son regard absent, quoique plus sage, plus dur et moins naïf qu'à l'accoutumée. Douée pour mettre les gens à l'aise, Diane se débrouilla pour arriver dans son dos et lui cacha les yeux avec ses mains avant de s'écrier : « Qui c'est ? » Heureuses de se revoir, les deux amies se prirent dans les bras et s'embrassèrent, mais il n'y eut pas de larmes, ni du côté de Diane, dont ce n'était pas l'habitude, ni du sien, car désormais, Elle connaissait la valeur des pleurs.

Diane lui avait beaucoup manqué, et sincèrement intéressée par ce qu'elle avait à lui raconter, Elle lui posa un nombre incalculable de questions. En l'écoutant, Elle fut brusquement frappée par l'égoïsme dont Elle avait fait preuve au cours de ces derniers mois. Pour se faire pardonner, Elle l'invita, et n'osa pas lui parler de son rêve avant d'être dans la rue.

« Tu sais que cette nuit, pour la première fois depuis des mois, j'ai rêvé de mon ex.

— Ah ! Ça y est, tu l'appelles enfin ton ex ! »

Elle l'avait appelé ainsi sans réfléchir et cela lui fit de la peine. Pas tant pour Lui que parce qu'Elle se dit qu'au fond, ce qu'il y a de plus triste dans la vie, c'est que tout finit par passer. Tout.

On baise ou on parle ?

7

« On baise ou on parle ?
— Tais-toi... »

Elle(s)

UN VERRE, PAS TARD ?

Ça commençait toujours de la même façon. Je voulais me coucher de bonne heure, mais on me proposait d'aller boire un verre, pas tard, juste un petit verre. Souvent, cela signifiait passer la nuit dehors, mais je tombais dans le panneau, me promettant que, cette fois, il n'y aurait vraiment qu'un verre et que je rentrerais tôt.

Ce soir-là, je m'étais fait avoir par Thomas. Nous nous étions retrouvés chez lui après le dîner. Pour éviter toute tentation, j'avais juste apporté quelques bières, mais après les avoir descendues, il avait insisté pour ouvrir la bouteille de gin achetée en prévision de la soirée de samedi. Ne voulant pas le vexer, j'avais accepté d'y goûter. Une heure plus tard, la bouteille était vide, et lorsqu'il me proposa d'aller faire un tour dehors, je n'avais ni la force ni l'envie de refuser.

Thomas avait ses habitudes dans un petit bar près de Bastille. Il y avait travaillé quelques mois et, à en juger par l'accueil que l'on nous réserva, on se souvenait de lui. Après avoir échangé quelques mots avec le barman, il m'emmena jusqu'à une table en fond de salle. Il s'assit contre le mur, moi dos au comptoir. Aussi loquaces l'un que l'autre, nous regardions le pichet qu'on nous avait gracieusement offert en nous demandant combien de temps il nous faudrait pour en venir à bout. Probablement beaucoup, mais il était encore tôt et, en nous y mettant sérieusement, l'affaire serait pliée avant minuit.

Vers 22 heures, le bar commença à se remplir, ce n'était pas pour nous déplaire. Ayant écumé nos sujets de conversation habituels, la musique et le brouhaha comblaient désormais les longs blancs qui ponctuaient la discussion, nous empêchant de réaliser que nous n'avions pas grand-chose à nous dire. En même temps, nous n'étions pas sortis pour parler, mais pour fuir. Nos appartements, nos ennuis et nos vies, car à défaut d'avoir le courage d'affronter le vide de l'existence, nous avions la capacité de le noyer dans l'alcool et nous ne nous en privions pas.

Éméché, Thomas me décrivait ce qu'il se passait dans mon dos à grand renfort d'exclamations aussi vulgaires que bruyantes. Gêné à l'idée qu'il attire l'attention des clients qui n'avaient pas encore atteint notre état d'ébriété, je m'amusais néanmoins à imaginer les femmes qu'il me décrivait. À en croire son sourire béat, celles qui venaient de s'asseoir derrière moi lui plaisaient beaucoup, et je regrettais de n'avoir pas choisi place plus stratégique. D'un regard, il me fit comprendre que la voie était libre et je me retournai discrètement pour les apercevoir, mais à peine avais-je commencé à tourner la tête qu'une odeur me força à faire volte-face. Le parfum qui m'était parvenu aux narines, je l'aurais reconnu entre mille. Trop ivre pour voir mon affolement, Thomas ne fit pas la moindre remarque mais je n'en menais pas large. Elle était là, derrière moi, et je n'osais bouger d'un cheveu. Terrorisé, j'essayai tant bien que mal de garder mon calme, mais son parfum, d'abord à peine perceptible, semblait désormais imprégner la salle et me plongeait dans ce passé qu'en vain j'avais tenté d'oublier.

Thomas piquait du nez, son ennui était palpable, il allait bientôt vouloir que nous partions. J'ignorais combien de temps je pourrais le retenir, et songeais qu'il fallait à tout prix que je l'empêche d'aller commander à boire. Pour l'instant, il ne l'avait pas remarquée, mais s'il se levait, il ne pourrait la rater. Ils se verraient, se diraient bonsoir, et Elle comprendrait que je suis là. Il faudrait alors que je fasse semblant d'être surpris, que je trouve la force de prendre l'air le plus détaché possible, or je le savais, je n'y parviendrais pas. Non, en la voyant, je perdrais mon sang-froid, ne saurais quoi dire et me ridiculiserais.

Depuis des mois pourtant, je priais pour que nous nous croisions. Certain de trouver les mots justes, d'être capable de la séduire à nouveau et de faire renaître des sentiments trop vite oubliés, imaginer une rencontre m'avait permis de tenir bon et de continuer à croire en Nous. Conscient que je ne gagnerais rien à tenter de la persuader que j'étais l'homme de sa vie, j'avais préféré disparaître dès le lendemain de la rupture et m'en étais remis au hasard, dans l'espoir qu'il se décide à nous réunir. C'était maintenant chose faite et j'aurais dû m'en réjouir, mais je n'étais plus sûr de rien. Un an que nous ne nous étions pas vus, Elle avait sûrement changé, j'ignorais comment, et réalisais douloureusement que la femme que j'aimais avait peut-être cessé d'exister en me quittant. Je ne voulais pas y croire, et quitte à replonger dans des ténèbres auxquelles j'avais tant bien que mal réussi à échapper, je compris qu'il fallait que je me retourne, la voie et lui parle pour savoir si c'était toujours Elle.

Afin de me donner du courage, je bus mon verre d'une traite et me levai en m'aidant du dossier de la chaise. Elle n'était plus assise derrière moi mais en train de se diriger vers la sortie. Son parfum s'était dissipé dans les vapeurs d'alcool, mais malgré la foule et l'obscurité, il me semblait avoir reconnu sa silhouette, ses longs cheveux blonds et sa démarche. Évitant de croiser le regard des filles encore installées à sa table de peur qu'elles ne me connaissent et coupent mon élan, je me dépêchai de la rattraper et posai ma main sur son épaule. Elle se retourna brusquement et perdit son sourire en me voyant.

« Qu'est-ce que tu me veux ? »

La jeune femme devant qui je me trouvais bêtement portait le même parfum qu'Elle, avait les mêmes cheveux et la même démarche, mais ce n'était pas Elle. Ne sachant quoi répondre à son « qu'est-ce que tu me veux », je proposai de lui offrir un verre, persuadé qu'elle refuserait, mais elle accepta, et nous allâmes nous asseoir au comptoir. Contrairement à ce que j'avais imaginé, plutôt que de m'encourager à me débarrasser d'elle au plus vite, son parfum me mit en confiance. Bizarrement, il ne m'évoquait plus ni souvenirs ni regrets, mais une odeur familière qui m'apaisait et m'invitait à m'ouvrir. Embarrassé de lui avoir fait croire qu'elle me plaisait, j'essayais de la mettre à l'aise et tâchais d'être le plus agréable possible.

J'avais estimé que la politesse m'autoriserait à l'abandonner après dix minutes, mais trois quarts d'heure plus tard, nous étions encore assis l'un à côté de l'autre. Elle me parlait de ses études, des livres qu'elle avait lus récemment, et d'un film inconnu qu'il fallait absolument que j'aille voir. J'appréciais sa compagnie et lorsqu'elle me dit devoir partir, je le regrettai beaucoup. En guise d'au revoir, elle déposa un baiser sur ma joue et me demanda mon numéro de téléphone. J'hésitai à lui en filer un faux, mais lui donnai finalement le vrai, car c'est elle que j'avais envie de revoir, pas la femme à qui son parfum m'avait d'abord fait penser.

Acrobaties

Ça tient à un fil. Un fil tendu entre deux cœurs. Un fil délicat et fragile, suspendu au-dessus de la réalité et du temps, au-dessus du monde et de tous ses habitants. Ça ne tient qu'à un fil, et nous sommes les funambules qui s'aventurent dessus. Lentement d'abord, très lentement. Pas à pas, le plus légèrement possible. Puis, poussés par une volonté commune, on avance timidement l'un vers l'autre. Tantôt en marchant, tantôt en courant, souvent en glissant, comme ça, sans l'avoir véritablement voulu. Animés par un même désir, on se cramponne au vide et on réduit la distance qui nous sépare jusqu'à se retrouver face à face, nez à nez, main dans la main. Alors, le numéro peut commencer.

Il faut trouver un équilibre, éviter les gestes brusques, et limiter ses mouvements, mais on finit par s'habituer, et libre à nous de jouer les acrobates et de danser au-dessus du vide sans songer une seule seconde à ce qui se passerait si l'on ne parvenait pas à retomber sur nos pieds.

Vu d'en bas, ça a l'air facile, si facile. Mais ça ne l'est pas, car ce fil, aussi solide semble-t-il, un rien suffit à le rompre.

Une parole prononcée en l'air, une confidence faite sans réfléchir, une idée émise trop vite, un concours de circonstances malheureux, un dîner en ville, un dimanche à la campagne, une balade sur les quais, une toile à Montparnasse, une plaisanterie stupide, un regret ponctuel, une envie nouvelle, un rêve qui se brise ou une angoisse qui se ravive, et voilà qu'il s'effile. Doucement, tout doucement.

Pendant un temps, tout reste normal. On saute et on rebondit, on s'élance et on atterrit, pourtant la fin est proche, très proche. Lorsqu'on en prend conscience, qu'on réalise que l'on ne saute plus aussi haut qu'avant et qu'on peine à atteindre les sommets que l'on caressait du bout des doigts en se hissant sur la pointe des pieds, il est déjà trop tard.

Le fil se détache, et il faudrait courir s'agripper là où on le peut, mais on ne le fait pas, et on s'élance, certain que tout va rentrer dans l'ordre. La chute n'en est que plus douloureuse. Mort d'inquiétude à l'idée de heurter le sol qui, seconde après seconde, se rapproche, on hurle, on se débat, et plein d'espoir, on attrape le fil encore pendu à notre cœur, mais ce fil, ah ! ce fil, il n'est plus relié à rien.

Rhétorique du subconscient

ACTE VI. L'AMOUR AUX TROUSSES

« Je suis d'accord avec toi.

— D'accord sur quoi ?

— Sur le fait qu'elle est très jolie. Je te vois la regarder depuis tout à l'heure…

— Elle est pas mal, hein ?

— Ça, pour être pas mal… Et celle-là à gauche ? Juste à côté du kiosque ?

— Je ne la vois pas.

— Attends, elle va repasser. Tiens, la voilà.

— Elle est très belle, mais à mon avis elle en est consciente et ça ne nous rend pas service.

— Et la petite brune en face ?

— Où ?

— Là, assise juste en face. De l'autre côté de la rue ?

— Ah ouais !

— Tu veux pas aller lui parler ?

— Et pour lui dire quoi, non, ça ne sert à rien.

— Et celle de gauche ? T'as pas envie d'aller lui dire bonjour ?

— Pas mon style.

— Trop vulgaire ?

— Un peu, oui.

— Merde !

— Quoi ?

— Là à droite… C'est Elle !

— Putain ! Je fais quoi ? »

Remerciements

À mes parents et mon frère pour leurs conseils, leurs encouragements… et leur patience.

À Thierry Billard qui a choisi d'y croire et sans qui ce livre n'aurait jamais vu le jour.

À Jimbo, Denis, Arnaud, Valentin, Rune et Nicholas toujours présents dans les bons comme dans les mauvais jours.

Pour en savoir plus
sur les Éditions Plon
(catalogue, auteurs, vidéos, actualités...),
vous pouvez consulter notre site Internet
www.plon.fr
et nous suivre sur les réseaux sociaux

Editions Plon

@EditionsPlon

Achevé d'imprimer en juillet 2017
par Normandie Roto Impression s.a.s.
61250 Lonrai (Orne)
N° d'impression : 1702423

Imprimé en France